午夜天鵝

ミッドナイトスワン

MIDNIGHT SWAN

內田英治 著

緋華璃 譯

好評推薦

「各種形式的愛，都應該為自己那股勇敢付出的模樣感到驕傲。」

——Miho，旅日文字工作者、「東京不只是留學」版主

「本書深刻地描寫了跨性別者在社會邊緣生存的哀愁，透過故事呈現了其實在社會邊緣，大家也沒有那麼不同，同樣求生存、求感情、求認同，與社會大眾並無二致。」

——吳伊婷，台灣性別不明關懷協會理事長

午夜天鵝

ミッドナイトスワン

少女很喜歡凝望光燦耀眼的太陽。

小時候，她在廣告傳單背面描繪太陽時，總是不假思索地塗滿紅色或橘色。可是經過一再地凝望，少女發現太陽是純粹的白色，白得令人心驚。雖說是一再地凝望，當然不是長時間盯著不放。只看了幾秒，就會因為陽光實在太刺眼了，反射性地背過臉去。少女總覺得這樣很可惜，所以每每讓眼睛稍事休息後，又會不厭其煩地再次抬頭仰望，只可惜始終無法長久凝望太陽。

由於少女太沉迷於觀察太陽，引來母親強烈的叱責：「妳不怕眼睛看不見嗎？」母親經常以這種方式說話。

母親幾乎是照一日三餐叱責少女，少女一舉手、一投足都逃不過母親的法眼。不知道為什麼，母親不允許少女有任何愉快的享受，無論是吃巧克力，還是蒐集禮盒、紀念品包裝上漂亮的緞帶。

視線從太陽落到腳邊的沙灘上。在烈日的反射下，沙灘以絲毫不比太陽遜色的強光刺痛少女的雙眼。少女閉上眼睛。即使閉上眼睛，烙印在眼眸深處的光芒依舊閃閃發亮。而且一閉上雙眼，聲音反而更加清晰地傳入耳中。

海浪拍打在岸上的聲響、孩子們玩得不亦樂乎的歡聲笑語、調皮的男生們不斷發出的鬼吼鬼叫，令少女用力地咬住下唇。血的味道在嘴巴裡擴散開來。少女更用力地讓牙齒陷進肉裡。

他們為什麼能這麼開心？

少女在心中無聲詢問。她只是有點不能理解，可是當呢喃脫口而出，語氣卻帶了幾分責難。

少女用雙手緊緊地摀住耳朵，尖銳的笑聲依舊源源不絕地鑽進耳朵裡，感覺自己心裡好像有什麼東西正逐漸排山倒海而來。劇烈到近似暴力的衝動。那不是此時此刻才產生的情緒，而是從好久好久以前就已經埋藏在少女心底，如今正以前所未有的速度急劇膨脹，幾乎要撐破少女的身體，就連呼吸也覺得苦不堪言。

少女慎重地吐出一口氣。毫不留情的太陽晒得頭頂好燙。當眼皮內側的餘光消失時，有如脫韁野馬的躁動情緒也平靜下來。但也只是平靜下來，並未消失。倘若無法停止那些幾乎要把耳朵撬開的笑聲，就只能自己消失了。

要是能這樣直接沉入白沙裡該有多好。要是能讓流沙一寸一寸地埋葬自己的身體，就這麼從世界上消失，那該有多好。

如果這是無法實現的心願……索性任由陽光刺瞎自己的雙眼好了。

少女自始至終都沒有看大海一眼，在心裡想著。

1

凪沙著迷地凝視深紅色的指甲油瓶身。那彷彿調入了濃重黑色的深紅色。她一直很想要這款高級的名牌指甲油，猶豫了好幾個星期，終於出手買下。

嘗試新的指甲油對她而言是很特別的儀式。

凪沙把指甲油放在梳妝台上，小心翼翼的動作甚至可以用畢恭畢敬來形容。人妖秀舞廳「香豌豆」的休息室固然有空氣不流通、灰塵滿天飛等缺點，但也因為是老舊的建築物，公設比較低，空間相對之下較寬敞。其中特別引人注目的是梳妝台的鏡子，周圍鑲了一圈小燈泡，儼然美國老電影中的某個場景，彷彿可以看到瑪麗蓮・夢露正對鏡梳妝，塗上大紅色的口紅。

凪沙一如往常地坐在梳妝台正中央，目不轉睛地打量鏡中的自己。細長的雙眼、瘦削的下巴。客人都說凪沙的五官很有個性，稱不上是大美人，卻也是讓人過目難忘的長相。當她還是男人的時候，也曾經有人形容她的長相與「出現在美國電影裡的亞洲人」有幾分神似。

她很清楚自己不適合可愛的妝容及服裝造型，所以不會把粉嫩的顏色堆在身上，而是傾向於乾淨俐落的原色，尤其是紅色。充滿光澤的黑色長髮一向是她的驕傲，可以與紅色相互輝映。

打開鏡子的燈，強光掩蓋掉細紋及眼睛底下的黑眼圈，皮膚看起來就像瓷器一樣細緻。剛開始在店裡上班的時候，還真的以為被施了魔法。在那之後，日復一日面對鏡中的自己，逼得她不得不正視魔法的效力已經開始消退的事實，歲月確實在自己臉上留下了足跡。

不只臉，年齡也一五一十地表現在手和指尖上。凪沙慢條斯理地轉開指甲油瓶蓋。只能用截至目前學會的化妝技巧及稍微昂貴一點的化妝品來彌補逐漸失效的魔法了。她不確定昂貴的化妝品能發揮多大的實際效益，但至少能讓自己打起精神。

指甲油的刷子緩緩地滑過大拇指指甲，每刷一層，紅色就越發深沉。凪沙仔細地刷上一層又一層的紅色，享受每個階段的顏色變化。

「妳們在閒聊什麼，可沒有時間讓妳們休息喔。」

耳邊傳來令人悚然一驚的沙啞嗓音。

洋子媽媽桑正雙手叉腰站在休息室門口。

凪沙的手靜止了一瞬間，隨即又開始塗指甲油。

因為她知道洋子媽媽桑的訓話一向又臭又長。

洋子媽媽桑面向女孩們，滔滔不絕地發表高見。從指示及確認今天的流程，到數落她們這陣子犯的錯誤，再到強調自己有多辛苦……洋子媽媽桑的長篇大論就像老太婆的裹腳布。

每次聽到洋子媽媽桑的聲音，都會讓凪沙再次認清她們唯有聲音無法改變的宿命。她們可以從男人變成女人，也可以動手術讓自己變得比女人更有女人味，可惜唯有聲音無法改變。

也有人割掉喉結，嗓音依舊如故，所以大家都對發聲的方法下足了工夫，以盡可能發出像女生的聲音、聽起來很嬌媚的聲音為目標。

在這樣的潮流下，洋子媽媽桑並未刻意裝腔作勢，依舊以低沉嘶啞的聲音說話。即使在客人面前，也沒有任何偽裝。

沒有人知道洋子媽媽桑的年紀，但是從粉底深深陷入皺紋的情況來看，少說也超過七十歲了。在那個男人要以女人的身分生存顯然過於艱辛的昭和時代，洋子媽媽桑不僅以女人的身分在那個性別刻板印象比現在僵化許多的時代活了下來，還趁著泡沫經濟炒高不動產的價格前，在歌舞伎町的一角開了這家店。她的存在具有強大的說服力，足以讓人覺得聲線根本只是枝微末節的小問題。

凪沙的聲音原本就屬於比較低沉的聲線，既不擅長擠出可愛的娃娃音，也不喜歡擺出可愛的模樣。她曾經想過或許因為是洋子媽媽桑的店，自己才能做這麼久。

話雖如此，每天聽洋子媽媽桑以粗嘎的嗓音沒完沒了地發牢騷，還是會讓人忍不住嘆氣。自從洋子媽媽桑出現後，不知是不是注意力分散了，指甲油的顏色明顯變得不均勻。

「想必大家都知道最近的業績變差了，請各位再加一把勁。別再磨蹭，全都給我精神抖擻地動起來！」

洋子媽媽桑自顧自地丟下這句話，宛如狂風過境般捲回店裡。所有人都不約而同地嘆了一口大氣。

「總算走了。嗓門那麼大的人更不該那樣說話。」

凪沙將指甲舉到眼睛的高度，嘆息著說。

「都怪媽媽大呼小叫，害我塗得亂七八糟。真是的，這款指甲油可不是便利商店的便宜貨，是很高級的名牌耶。本來想仔細地把每一根指甲都塗得漂漂亮亮的說。」

凪沙喃喃自語，彷彿在跟自己的手指對話。空氣突然安靜下來後，右手邊的梳妝台清楚傳來抽抽噎噎的啜泣聲。但凪沙連一個眼神也不給，又開始把顏色疊在塗得不夠均勻的指甲上。

「這顏色好好看，改天借我用一下。」

坐在左手邊的瑞貴說話的同時也沒停下畫眼線的動作。原本就炯炯有神的雙眼加上濃密黝黑的眼線，看起來更大了。與凪沙互為對照的俏麗短髮突顯出端正的五官。

「不要，我不是說這很貴嗎。」

「小氣鬼，原料基本上都大同小異吧。」

瑞貴是原本在國立大學專攻理工科系的奇葩，有時候會像這樣滿口大道理。

「我其實比較想買保溼霜，最後忍住沒買，買了這個。唉，最近天氣好乾燥，皮膚狀況糟透了。」

凪沙伸出十指給瑞貴看，她的手確實有點乾燥。

右手邊的啜泣聲始終沒有要打住的意思。

凪沙突然停下塗指甲油的動作，長長地嘆了一口氣。

「我說妳呀，差不多也該適可而止了吧。」

凪沙瞪向右手邊的女人——明菜。明菜臉上的眼影和眼線都花了，粉底掉得零零落落，口紅也糊了，簡直像是恐怖電影裡的女鬼。

「枉費妳長了一張可愛的臉。」

凪沙以有如母親的口吻訓誡小自己一輪以上的明菜。即使變成恐怖電影般的鬼樣子，明菜依舊美得無可比擬。只要別說破，大概誰也不會發現她曾經是男人，明菜美麗的程度就連前來踢館的女性客人都忍不住真心為之嫉妒。本人卻嘟著嘴，哭哭啼啼地堅持「我才不可愛」。

凪沙與瑞貴面面相覷。長得這麼漂亮的人再怎麼謙虛，也只會讓人覺得是在惺惺作態。明菜是店裡最受歡迎的頭牌，身材也玲瓏有致，更重要的是還很年輕。

好處都給她占盡了，到底還有什麼不滿意呢。凪沙看著哭得梨花帶雨的明菜。每天相處下來，凪沙隱約知道答案是什麼，是自信。儘管明菜的條件得天獨厚，看似什麼都有了，唯獨沒有自信。

「因為……因為……如果我夠可愛的話，他為什麼不打電話給我？」

明菜擤了擤鼻涕，將手機放在梳妝台上，動作溫吞地開始用膠帶擠出乳溝。

看樣子是她和男朋友突然聯絡不上了。

凪沙把視線拉回自己的指尖，又開始塗指甲油，一面毫不留情地說：

「明菜，妳的臉真是慘不忍睹。」

原本打算稍微諷刺她一下，結果反而讓自己陷入更悲慘的境地。因為再怎麼慘不忍睹，明菜都比她好看。

「就算是髒兮兮的破車，只要洗乾淨，又比新車更值錢了，真是令人不爽。」

這是瑞貴的真心話。凪沙完全同意。只不過，聽起來再怎麼得了便宜還賣乖，明菜缺乏自信這點應該不是騙人的。

「妳還年輕，多的是機會談戀愛。」

凪沙有些過意不去，溫柔地安慰明菜，不料明菜又悲從中來地號啕大哭。

「什麼意思……為何要說得好像我們已經分手了！他是我這輩子最愛的人。」

坐在最旁邊，筆直面向前方，默默化妝的糖果瞪了明菜一眼。

以美貌把客人迷得神魂顛倒的頭牌明菜，與雖然稱不上美女、卻以惹人憐愛的性格深受客人喜愛的糖果年紀應該一樣大。

糖果朝腋下噴香水，以明顯帶著輕蔑的語氣說：

「我沒聽清楚，妳可以再說一次嗎？」

「我說他是我這輩子最愛的人……」

「就算你們是婚外情？」

這句話充滿殺傷力，明菜臉色大變，聲嘶力竭地吼叫：

「吵死了！要妳管。」

又開始了……

凪沙與瑞貴聳聳肩，四目相交。

明菜與糖果每次一見面就要吵架。糖果面對大部分的狀況都能以充滿幽默感的態度一笑置之，偏偏對明菜特別苛刻。

「婚外情不是只有妳會受傷，還是趕快一拍兩散比較好。本來已經是醜八怪，哭成這樣更醜了。」

也只有糖果敢罵明菜是醜八怪了。不過凪沙似乎能理解糖果忍不住對明菜講難聽話的心情。因為明菜太令人煩躁了。這裡的人或多或少都經歷過一兩次不幸的戀情，所以見不得明菜悶著頭撲向顯然不該去的方向。這種心情大概跟擔憂沒兩樣，雖然糖果肯定不會承認。

「妳看看我，我能認識現在的男朋友，不也是命中注定的奇蹟嗎?所以明菜也是，下一個男人一定會更好。」

「妳那些才不是男朋友，只是搖錢樹吧。」

糖果高高在上的安慰換來明菜毫不領情的反擊。

說的沒錯。凪沙與瑞貴再次交換了一個眼神。

據她們推測，糖果隨時都有五個男朋友，排序按照他們提供的禮物總額時有變動。

「妳這句話是什麼意思？」

「是妳先找我麻煩！」

上台時間一分一秒逼近，明菜與糖果一面手忙腳亂地擠乳溝，一面脣槍舌劍地繼續吵。

以上是香豌豆的休息室裡司空見慣的畫面。以男人的話題揭開序幕，以男人的話題畫下句點。總是這樣，了無新意。

凪沙好不容易將指甲塗成滿意的顏色，站起來，插進明菜與糖果中間。

「到此為止，妳們要吵到什麼時候？」

「是糖果她……」

「不只是糖果的問題，吵架的雙方都有錯。」

「……對不起。」

「抱歉。」

兩人幾乎異口同聲地乖乖道歉。每次鬧到最後，再由凪沙出面調停也是固定的模式了。

「在我們的世界裡，有很多像明菜這樣陷入婚外情的人倒也是事實……」

「不要一直把婚外情、婚外情掛在嘴上啦。」

凪沙的措詞讓明菜又抽抽答答地哭起來。凪沙故意以嚴厲的口吻接著說：

「婚外情就是婚外情，如果連自己都意識不到這一點，遲早有妳苦頭吃的。糖果也是，我能理解妳還年輕，迷戀有錢人的心情。可是妳們都要想像一下，自己二十年後能不能得到幸福。」

二十年後只是隨口說說的數字，可是說出口的那一瞬間，感覺自己的後腦杓似乎受到那個數字的重擊。二十年後，自己是什麼德性呢？過得幸福嗎？再說了，對自己而言，幸福究竟是什麼？

感覺自己正窺探著無底的深淵，凪沙連忙將注意力放回眼前的兩個人身上。

「總而言之，一旦被男人消費就輸了，就會像我們這樣。」

凪沙言盡於此，站了起來。明菜與糖果想必很清楚她們經歷過的慘痛教訓，所以雖然不太情願，卻也微微頷首。

瑞貴幾乎與凪沙同時站起來，與凪沙擊掌。

「真不愧是大姐。」

重疊的手發出清脆的「啪」一聲。

這個動作也意味著接下來要開始工作了。

明菜、糖果也重新化好妝、換上華服，擺出可以出去見客的表情。

「別再哭了。」

凪沙輕撫已經擦乾眼淚、再次勾勒出完美眼線的明菜臉頰。明菜微笑回答：

「嗯，我不哭了。」

明菜與糖果也站起來，四人站成一排，一起對鏡整理儀容。

四人穿著同款式的服裝。純白的服裝讓人聯想到天鵝，芭蕾的蓬蓬裙在腰際晃盪。

凪沙非常喜歡這件以天鵝為設計概念的服裝。

四人拿起用白色羽毛製成的頭飾，左看看、右看看，以熟練的動作迅速固定在頭髮上。

準備完畢的四人組並肩而立的樣子著實十分耀眼。唯有這一瞬間，凪沙可以打從心底覺得自己也很美，一如擺脫詛咒的束縛，只有夜晚才能恢復美貌的奧傑塔公主。

「凪沙、瑞貴、明菜、糖果，請上台！」

一身黑衣的服務生衝進休息室說道。四人小跑步地離開休息室，穿過走廊，走向舞台。

客人的鼓譟聲如潮水般由遠而近，胸口一陣悸動。

凪沙很喜歡這個瞬間。

◆

「今天要去嗎？」

準備好要回家的凪沙問瑞貴。瑞貴拎起皮包，不假思索地回答：「那當然。」

兩人也沒有確認要去什麼地方，走向歌舞伎町的區公所大道。

從大馬路轉進相形之下較僻靜的巷子，巷子裡有家可以喝到美酒，藉此洗去工作疲憊的店。

光是兩個高頭大馬的人影並肩而行就已經很嚇人了，然而在歌舞伎町，沒有人會刻意回頭看她們。人妖秀舞廳及同志酒吧、牛郎、酒家女、應召女郎等，形形色色住在黑夜裡的居民共冶一爐，這座城市有如能納百川的大海，在其他城市再怎麼格格不入的存在，這座城市都願意接受並加以包容。

凪沙認為只有歌舞伎町這座城市能接受她們。無論時代再怎麼變化、世人的觀念再怎麼進步，她也不認為自己的故鄉會接受現在的自己。

將來還能在這座城市以外的地方活下去嗎？

自己還能化身為天鵝，在舞台上表演多久呢？

內心閃過這樣的不安，可是當她走進店裡，接過酒單，一切都無所謂了。

此時此刻，沒有事比喝酒更重要。

「我沒拿到紅包，所以妳要請客喔。」

「好啦好啦，我知道了。」

瓜沙豪氣干雲地點頭。其實有不少客人很欣賞瓜沙個性十足、具有異國風情的長相，以及與年齡相符、落落大方的氣質，對她相當青睞。相較之下，瑞貴總是拿不到紅包。瑞貴太聰明了，就連面對客人的時候也經常下意識地想用大道理說服對方，但客人來這裡就是想受到吹捧，所以都對她避之唯恐不及。

「辛苦了！」

一向是由瓜沙先舉起酒杯。兩人碰杯，玻璃杯發出清脆的聲響。啤酒細緻的泡沫在杯子裡爭先恐後地往上竄。

「辛苦了，大姐。」

「我說妳呀，可以別再叫我大姐了嗎。」

瓜沙以忍無可忍的語氣說。

店裡的女孩子都沒有表明年紀，所以不是很確定，但是就快要四十歲的瓜沙應該是最年長的沒錯。周圍的人也都期待她能表現出如姐如母的應對，瓜沙只好無奈地扮演起這個角色。

凪沙原本就不喜歡照顧別人，這個任務對她而言太沉重了。但她確實也認為自己有責任告訴缺乏經驗的年輕女孩，在社會上活下去的基本條件。

凪沙以男人的身分活了大半輩子。

年過三十，她才下定決心變成女人活下去，藏起百分之九十九的人生，只與煩惱同行。

雖然晚了點，她還是覺得能改變生活方式是一件好事。因為有很多人到死都無法辦到這一點。畢竟現今的社會尚未進入可以輕鬆出櫃的狀態。

只不過，她有時候也會想，要是有人願意傾聽自己的煩惱，自己或許能更早做出改變。不用告訴她答案，只要身邊能有個願意與自己分擔煩惱的人就好了。

因此儘管認為自己並不適合扮演這個角色，凪沙仍接受其他人對她的仰賴。

但如果連瑞貴都這麼說，還是不免令她感到有些寂寞。

因為對凪沙而言，瑞貴是很特別的存在。她們不只是朋友，幾乎等同於家人。瑞貴應該已經三十好幾了，是店裡少數年紀與自己比較相近的人。不只與她聊天可以讓心情平靜下來，還在她身上感受到很多不需要言語說明也能互相理解的部分。

更重要的是彼此都還沒有接受變性手術。店裡大部分的女生都已經動完手術了。她們也想動手術，但又沒錢動手術。同是天涯淪落人，可以互相發牢騷、吐苦水這點也拉近了雙方的距離。

瑞貴對凪沙很重要，是可以對等地互助合作的友人。連瑞貴都當自己是姐姐的話，凪沙就沒地方吐苦水了。

「但妳就是大姐啊。」瑞貴促狹地說。

「我已經受夠了。」

「知道了，知道了啦。」

瑞貴舉起雙手表示投降，答應從此不再喊凪沙「大姐」。凪沙就喜歡瑞貴能敏銳地察覺到別人的心情，為什麼她不能把這點運用在接待客人上呢。

凪沙一口氣喝下半杯啤酒，啤酒與泡沫一起沖走了疲憊。

凪沙撐著下巴，不經意地提起：「白天過得如何？」

「還好。」

瑞貴白天也有工作。

是專門針對學會編纂專業書籍的編輯專案。瑞貴在大學主修生物科技，專業知識受到很高的評價。瑞貴在那裡並未受到歧視，能如魚得水地工作，只可惜薪水太低，必須加上香豌豆的收入才能勉強過活。

「如果我想繼續從事這份工作，無論如何都不能動手術。凪沙呢？」

「我也還沒有這個打算。」

一年前也討論過同樣的問題。沒想到一年過去了，彼此依舊只能給出「還沒有這個打算」的答案，原本應該被啤酒沖走的疲憊又沉甸甸地壓在肩膀上。

「乾脆來搶劫吧！會出現在網路新聞上喔。說有兩個人妖為了動手術，變成強盜。我們會變成名人喔。」

瑞貴正經八百地說。

「別鬧了，妳在說什麼傻話。」

「開玩笑的啦，開玩笑。」

瑞貴笑著搖搖手。凪沙將啤酒倒進瑞貴的玻璃杯，彷彿是為了說給自己聽：

「只能老老實實地賺錢了。」

「嗯，說的也是。乾杯。」

兩人再次碰杯，玻璃杯這次發出更清脆的聲響。

凪沙住在距離香豌豆走路二十分鐘左右的大樓。

雖說是大樓，也是屋齡五十年以上的老房子了。剛搬進來的時候，老舊的房間破破爛爛，凪沙花了一番工夫，利用百圓商店及二手商店的便宜材料把房間改造成有點復古但又舒適的空間。親自動手做的過程雖然很辛苦，也很開心。

她還在窗戶旁邊養了一缸金魚。

疲倦的時候、沮喪的時候，只要看著金魚在水中搖擺的尾巴，就能得到撫慰。

凪沙吞下哈欠，餵完金魚，拾起昨天隨手亂扔的皮包。

不用照鏡子也知道自己腫了。一面後悔昨晚與瑞貴喝太多，一面從皮包掏出大把的千圓鈔。皺巴巴的千圓鈔票都是客人打賞的紅包。人妖秀結束後有一段打賞的時間，由洋子媽媽桑以莫名其妙的口號「大家要相親相愛喔！」揭開序幕，客人會用免洗筷夾住千圓鈔，親手交給自己中意的舞者。也有人會夾萬圓鈔，但畢竟是少數。這些紅包歸收到的舞者所有，是她們很重要的收入來源，絕對不可以小看。

凪沙原封不動地將客人的打賞放進存錢筒，享受千圓鈔票落入存錢筒的瞬間帶來的微小快感。

凪沙的存錢筒原本是用來裝砂糖之類的透明容器，她很喜歡肉眼可見鈔票逐漸堆滿的感覺。

至於薪水，當然是以定存的方式存在銀行裡，但她也想用實際看得見的方式存錢。鈔票堆成的小山在透明容器裡越堆越高，成為凪沙主要的動力來源。等存錢筒裝滿鈔票，她就能去動心心念念的手術。

這是凪沙的目標。

「啊，對了。」

凪沙拿出手機，撥打儲存在通訊錄裡的整形外科電話。電話鈴響還不到三聲，耳邊便傳來女性員工以口齒不清的聲音報上診所的名稱。

「喂，我是武田凪沙。今天還可以掛號嗎？好的，那就三點。好的，好的，再見。」

掛斷電話的瞬間，手機又響起。

沒什麼人會打電話給她。凪沙詫異地檢視螢幕，臉上頓時蒙上一層陰影。

「要接嗎？」

凪沙猶豫了半晌，在刺耳鈴聲的聲聲催促下，鼓起勇氣按下通話鍵。

「喂。」

「健二嗎？」

聽見母親和子充滿壓力的廣島腔，凪沙感覺喘不過氣來。她從小就很怕聽到母親的聲音。她並不討厭母親的聲音，也不討厭母親這個人，只是不知道該怎麼應付。

「啊，嗯，是我。怎麼了。」

凪沙刻意以男人該有的方式說話。母親什麼都不知道，凪沙也不確定未來會不會告訴她。

「最近還好嗎？」
「嗯，還好。」
「偶爾也要打電話回來呀。」
「找我有什麼事？」
凪沙看了一眼時鐘，不耐煩地問。整形外科的掛號她可不想遲到。
「你還記得三紀子阿姨的女兒早織嗎？」
凪沙一時半刻想不起來。三紀子阿姨是母親的妹妹，在親戚的聚會也見過她女兒幾次，但已經是很久很久以前的事了。老實說，她完全想不起來對方長什麼樣子。
「嗯，記得啊。」
「那你還記得早織的女兒一果嗎？」
「呃……誰啊？」
「一果啦，一果。已經讀國中一年級了。」
「是嗎？我不記得了，那孩子有什麼問題嗎？」
「該怎麼說呢，早織現在好像有點呈現放棄撫養一果的狀態，什麼都不管，只知道玩。」
母親這番話立刻讓凪沙的腦海中浮現一張美少女的臉，銳利的眼神看起來不太好相處。

這麼說來，早織在故鄉是有名的不良少女。

在東廣島市這種鄉下地方，誤入歧途似乎是長大成人必經的過程。尤其是越受歡迎、越引人注目的小孩，越容易誤入歧途。幸好凪沙沒什麼存在感，所以沒經歷這段過程。早織一上中學就變成不折不扣的不良少女，還沒二十歲就經歷了懷孕、結婚、生產的洗禮，也不免俗地離婚，變成單親媽媽。凪沙就像推骨牌似地想起這一切。

「三紀子生病了，所以公所來問我們能不能照顧一果，問我們一果是不是被早織棄養了。」

「棄養……」

內心有一股不祥的預感。

「就是所謂的虐待啦、虐待。你也不想看到早織出現在社會新聞上吧。真是傷腦筋。」

母親遲遲不說出她打電話來的用意，只是沒完沒了地抱怨她有多傷腦筋。不祥的預感越來越強烈。

母親終於說明來意時，凪沙已經聽了太久令她頭痛的聲音，感到筋疲力盡。

她甚至覺得怎樣都無所謂，只要能立刻結束通話就好。

當母親總算掛斷電話，凪沙嘆了好長好長的一口氣，深刻地體會到一件事。

預感總是好的不靈，壞的靈。

凪沙常去的整形外科距離她家走路就能到。

必須定期去打荷爾蒙，所以附近就有整形外科真是謝天謝地。

每次注射荷爾蒙的時候，凪沙的視線總是牢牢盯著護理師像熊那麼長、貼滿各式水鑽的假指甲。護理師用那樣的指甲握住針筒，把針頭刺向凪沙的手臂。當凪沙還在思考那種指甲真的能因應日常生活的動作嗎，針頭已經扎進凪沙的皮膚裡，護理師的技術好到不可思議。

「好了，請用這個壓緊。」

護理師口齒不清地說。誇張得有如裝飾過剩羽子板的指甲終於放開自己的肌膚。

凪沙用護理師遞給她的棉花按住打針的地方，靜待醫生開口說話。

「最近有什麼變化嗎？」

一把年紀了，還把頭髮染成金色的醫生以符合其外表的輕浮口吻問。

雖說是新宿的整形外科，有如中年牛郎的醫生與有如酒店小姐的護理師還是顯得有點不太對勁。

然而這裡注射荷爾蒙的價位比這一帶的診所便宜多了。只要別對他們的服裝品味及說話方式有太多意見就沒問題，眼下要儘量多存一點錢。

「對了，妳來我們這裡多久了？」

「三年了。」

「這麼久？那還真是老主顧了。」

故作親暱的語氣令凪沙苦笑著低下頭。

「對呀……受你們照顧了。」

「是不是該動手術了？沒有錢的話也可以分期付款。」

「我正在存錢，請再給我一點時間。」

「這麼說的人通常都存不到錢，必須痛下決心才行。」

醫生最近勸她動手術的次數越來越頻繁。據店裡的女孩透露，很多人都選擇去泰國而非留在日本動手術，所以國內的整形醫院都拚了命地想留住患者。

注射荷爾蒙的費用比坊間便宜，說不定也是為了爭取患者動手術的策略，看來牛郎醫生也真是無所不用其極。

「妳可不要告訴我，已經買好去曼谷的機票了。」

彷彿看穿凪沙的想法，這句話令她心驚肉跳。

「怎麼可能，我存的錢還遠遠不夠。別說曼谷，連回老家的車錢都沒有。」

瓜沙笑著打馬虎眼，頭也不回地離開診所。

她想趕快存夠錢，前往泰國，跟那個流裡流氣的醫生一刀兩斷，再也不聯絡。手續費加上後續的維護費用，瓜沙把目標訂在五百萬圓。問題是以她現在的存款，連要接近那個金額都有困難。

香豌豆的店裡不乏花錢如流水的女孩，但瓜沙屬於腳踏實地的類型。偶爾會買些奢侈品，例如名牌指甲油，但不至於像年輕女孩那樣，看到高級的化妝品或衣服就想全部買回家，也不會夜夜笙歌地留連夜店。每次看到別的女孩手裡提著大包小包的購物袋，把買東西當成消除壓力的良方，瓜沙難免也會心生羨慕。像這種時候，她會看著存錢筒裡的鈔票，告訴自己要忍耐。

即使已經這麼嘔心瀝血地撙節開支，錢還是遲遲存不下來。

她已經輸在起跑線上了。她想早日變成真正的女人。因此她連一塊錢都不願放過。

正因為如此，瓜沙才會答應母親不由分說又亂七八糟的要求。

瓜沙心不在焉地望著電影院前的海報往前走。

再五分鐘就能抵達新宿車站東口。可能會比約好的時間晚一點，但瓜沙並未加快腳步。

是她討厭的類型。

看到坐在約定地點樓梯上的少女，只一眼，直覺就這麼告訴凪沙。

凪沙遲到了一會兒，但少女既未不安，也沒有東張西望，只是面無表情地杵在那裡。紅色的大背包與瘦弱的體型反差非常大，讓她看起來活像是翹家少女。

從法律的層面來說，她確實是自己應該要照顧的親戚；從大人的立場來說，她也是需要被大人保護的未成年少女。

換言之，她是個楚楚可憐、必須由凪沙保護的少女。

然而，凪沙沒有一絲想保護她的欲望。

少女簡直是可憐的代名詞，散發獨特的陰沉氛圍，讓人一看就知道她正遭受虐待。凪沙討厭覺得自己很可憐的想法，也討厭會讓人覺得很可憐的一切人事物。

「好像啊。」

這是凪沙對少女——一果說的第一句話。因為她真的好像國中時代誤入歧途的早織。

「妳跟妳媽好像啊。」

凪沙又重複一次，但一果始終毫無反應。還以為她沒聽見，往前一步，一果面無表情地仰頭看凪沙。看著凪沙的眼裡也沒有半點情緒。儘管如此，凪沙卻覺得自己好像被指責了，好像被問了什麼答不上來的問題。

她的眼神甚至令凪沙感到不快。

「跟我來。」

凪沙言簡意賅地丟下這句話，也不管一果有沒有跟上來，逕自往前走。

一果面無表情地跟在凪沙背後。

凪沙故意以幾乎要甩掉一果的速度加快腳步，一果緊跟著不放。

一果一面努力追上凪沙，一面偷看了一下手中的照片。

那是和子為了讓她能在茫茫人海中認出健二——凪沙而給她的照片。照片裡有個西裝筆挺的短髮男人。一果目不轉睛地看著走在前面的凪沙，與照片中人做比較。紅色的高跟鞋、紅色的指甲油、紅色的口紅、長長的頭髮，與照片中的男人簡直判若兩人。

一果為了確認，再三比對照片與眼前的凪沙。

「我說妳呀……」

凪沙突然停下腳步，轉過身來，長風衣的下襬勾勒出一個碩大的圓弧。

「可以不要走一步停兩步嗎？不妨告訴妳，我也不是心甘情願收留妳，所以請不要惹我不耐煩。」

凪沙的語氣已經很不耐煩了，看到一果手裡的照片，表情凍結在臉上。

「那是什麼？」

凪沙踩著高跟鞋，聲響大作地走向一果，手伸向照片。

她已經很久沒看過自己還是男人時的照片。家裡所有男性時代的照片都被她扔掉了，同時也把當時的模樣和照片一起逐出自己的內心世界。

那是她此生再也不想重見的模樣。一想到那副模樣被少女以令人不快的眼神盡收眼底，感覺全身的血液都在倒流。

「給我！」

凪沙幾乎是用搶的搶走少女手中的照片，一股腦兒撕碎、丟棄。

「妳回去要是敢說些有的沒有的，小心我殺死妳。」

凪沙以絲毫不比一果遜色的面無表情做出警告，踩著比剛才更快的腳步揚長而去。

一果望向照片的殘骸，視線有些無措，隨即一聲不吭地追上凪沙的背影。

穿過人潮擁擠的新宿三丁目，兩人回到凪沙住的老舊大樓。

乾脆甩掉她，讓她變成走失小孩算了。一果的存在令凪沙感到鬱悶，腳步快得像是要擺脫跟蹤，但一果始終亦步亦趨地尾隨在後。比起上氣不接下氣的凪沙，一果根本臉不紅、氣不喘。

據母親說，一果就讀國中一年級，即使如此也算是體力過人。彷彿被迫認清只有自己體力衰退的事實，凪沙更加怒火中燒。

「這是鑰匙，我每天都會放在信箱裡。」

反正一果只是暫時寄住，凪沙完全沒有要打一副備份鑰匙給她的意思。

老舊的大樓沒有電梯，凪沙擠出所剩無幾的體力，一口氣爬上三樓，開門。

「快點進來。」

在凪沙的催促下，一果脫鞋，踏進房間。

凪沙不由自主地凝視一果脫下的鞋子，那雙鞋未免也太髒太破了，而且尺碼顯然比一果的腳還小。大概得縮著腳趾，才能勉強塞進去。

不過，這些都不關自己的事。

凪沙從破破爛爛的鞋子上移開視線，刻意以機械化的語氣，公事公辦地說明這個家的規則。

「鞋子要放進鞋櫃裡。」

房間已經夠小了，光是玄關多出一雙破破爛爛的鞋子就足以讓壓迫感倍增。

一果依言將鞋子放進鞋櫃裡。看到破破爛爛的鞋子從視線範圍內消失，凪沙稍微鬆了一口氣。

「房間每天都要打掃乾淨。妳自己隨便找空位睡覺，每天都要折被子。我先洗澡，請妳趁我不在的時候洗。我不在的時候要幫我餵金魚。我媽好像已經幫妳辦好轉學手續了，所以妳自己去上學。就這樣，有什麼問題嗎？」

沒有反應。仔細想想，從見面到現在，她還沒聽過一果的聲音。

一果直勾勾地盯著一點看。

「妳在看什麼？」

發現她的視線停留於晒在窗口的芭蕾蓬蓬裙，凪沙連忙扯下來，收進衣櫃，手忙腳亂地補妝。

「我要去上班了，剩下的妳自己看著辦。鑰匙我放在這裡。」

凪沙朝一果甩了甩鑰匙，放在鞋櫃上。果不其然，一果依舊沒有任何反應。凪沙穿上高跟鞋，對接下來要與一果同居的生活感到不安。

然後直視前方，看也不看少女一眼，頭也不回地踩著高跟鞋出門工作。

家裡剩下一果。她豎起耳朵，確定已經聽不見高跟鞋的腳步聲後，走向衣櫃。

剛才看到的蓬蓬裙確實收在衣櫃裡。

一果輕輕地伸出手，輕得就像把手伸向隨時都要飛走的天鵝。

這裡怎麼會有這種東西？

手輕輕地撫過掛在衣櫃裡的蓬蓬裙，蓬蓬裙旁還掛著白色的羽毛頭飾。一果小心翼翼地撫摸頭飾。

摸著摸著，一果再也忍不住了，從衣櫃裡拿出蓬蓬裙。

應該不會被發現吧。

為了慎重起見，一果從門板上的貓眼往外看，確定凪沙已經從走廊消失後，脫下裙子，套上蓬蓬裙。一面留意房門外的動靜，大著膽子，拿起白色羽毛頭飾戴到頭上，端詳鏡中的自己。

這是……那個。

一果站在房間正中央，轉了一圈。以單腳為軸心，宛如陀螺般轉了一圈。又轉了一圈，再一圈，一圈又一圈。不知不覺中，一果臉上浮現就連自己也沒發現的輕淺微笑。

當一果倏地停止旋轉，望向窗外，天已經黑了。

不夜城的霓虹燈早已逐漸亮起。即使是近看時充滿壓迫感的七彩霓虹燈，只要稍微拉開一點距離，也像萬花筒般美麗。

一果看著霓虹燈，想起東廣島的夜晚。雖然沒有這裡這麼多，但是在東廣島的市中心，一果幾乎每天晚上都會看到霓虹燈。

一果穿著不太乾淨的國中白襯衫制服，撥開正在幫聲色場所或特種行業招攬客人的眾男子，走向某家酒店。

店裡煙霧繚繞，一果捏著鼻子往前走。穿過對她出現在這裡已經見怪不怪的酒家女，走進休息室。穿得一身黑的經理正等著她，愁眉苦臉地朝她招手。

「妳瞧瞧妳媽。」

母親早織爛醉如泥地倒在店後方。

「正常情況是要灌醉客人吧，自己先喝掛是怎麼回事。真是的，快點帶她回去。順便幫我告訴她，下次再這樣就給我捲鋪蓋走人。」

這是一果每天的例行公事。

扶著爛醉如泥的母親回公寓。把全身的重量都壓在自己身上的母親重若千金，酒臭味也令人作嘔。

即使回到公寓，也不能掉以輕心。因為早織一定會找那些聽到門外聲響、伸出頭來一探究竟的住戶麻煩。

「看什麼看！小心我揍你！」

不愧曾經是不良少女，充滿恐嚇意味的威脅令住戶們嚇得趕緊躲回屋裡。

「別這樣。」

有一天，一果終於忍不住怯生生地勸母親。因為她更擔心看起來很不舒服的母親。可惜早織一個字也聽不進去，甩了一果一巴掌。力氣大到一果猝不及防地倒在地上。

「妳囂張什麼！老娘出去工作還不是為了妳！」

早織一旦生氣暴走，八匹馬都拉不住她。即使是雞毛蒜皮的小事，也會令她火冒三丈，對一果拳打腳踢。

只不過，每次當她宣洩完怒氣，情緒便急轉直下，有時候還會非常依賴一果，宛如抓住救命稻草似地抱緊一果不放，痛哭失聲。

「媽媽啊……實在太累了……我真是個壞媽媽。抱歉啊，一果。我也想做個好媽媽……可就是辦不到……」

早織哭著向一果道歉，哭著哭著就睡著了。為哭到睡著的母親蓋被子也是一果的任務。

這便是一果在東廣島的生活。

當然不是一生下來就這樣。

一果小時候，母親還很溫柔。

早織十九歲生下一果。一果的父親跟早織一樣都是暴走族的成員，得知早織懷孕後，洗心革面，開始去鈑金工廠上班。早織也在故鄉的拉麵店工作，努力地想與對方建立幸福家庭。

或許是當時只有十幾歲的兩個少年少女都沒能成為成熟的大人。父親在早織生下一果的半年後就失蹤了。

「我會讓這孩子幸福地長大。」

早織在心裡發誓。除了拉麵店外，還去大賣場打工，在母親及阿姨的協助下，獨力撫養年幼的一果。

但一果六歲的時候，早織終於忍不下去了。在那之前，她放棄所有玩樂、拚命工作，也只能勉強餬口。這時，早織的母親病倒了，不僅需要一大筆醫藥費，也不能再像以前那樣依賴母親，是壓垮駱駝的最後一根稻草。工作時沒有人幫忙照顧一果，就算想送去幼稚園，那又是一筆花費。

早織為了賺生活費，又兼了好幾份差，還申請了國家的救濟金，但一切都是杯水車薪。

不久後，因為壓力太大，早織又開始與以前的損友留連夜店。早織愛去廣島的舞廳跳舞，喝得酩酊大醉，試圖忘記一切，還交了新的男朋友。後來在男朋友的介紹下，開始去酒店上班。

然而玩得再瘋、喝得再醉，回到家，一果的存在總會立刻將早織拉回現實。

從此以後，早織每次喝醉都會毆打一果。

一果原本就是喜怒不形於色的孩子，受到早織的拳打腳踢後，表情更是急速從一果臉上消失。即使臉頰都被打紅了，她摸也不摸一下，彷彿什麼事都沒有發生過的樣子，有時反而讓早織更加憤怒，有時則會喚醒早織的罪惡感。

想當然耳，雖然沒有表現在臉上，並不表示一果沒有任何感覺。

她必須藉由咬傷自己的手來排解內心的壓力。牙齒陷入手臂，力氣大到彷彿要撕下自己的肉。咬過的痕跡沉澱成傷痕，一果的手臂總是傷痕累累。但不管是早織，還是老師或班上同學都沒有人注意到這件事。

穿著髒兮兮的制服去上學的一果在學校顯然無法融入班級，也沒有朋友，只能抱著膝蓋，百無聊賴地待在沒有任何娛樂的屋子裡等母親回來。

這樣的一果只有一個指望。一個足以讓她期待明天來臨的指望。

一切始於她與某個老婆婆的相遇。

「妳的手腳好修長啊。」

有一天，一果經過住家附近的公園時，被滿頭蓬亂白髮的老婆婆叫住。

定睛細看，對方倒也還不到能稱為老婆婆的年紀，不僅如此，說不定遠比她以為的年輕許多。只是看在年幼的一果眼中，光是滿頭白髮，就足以稱為老婆婆了。

老婆婆自稱姬蘭，這一帶的住戶都對她敬而遠之，但是她對孩子們很親切，孩子們都稱她為「西公園的姬蘭老師」。

姬蘭顯然不是日本人的名字，一果直到很久以後，才明白這個名字取自於世界級的芭蕾舞者——西薇・姬蘭。

「妳要不要跳芭蕾舞？」

「芭蕾舞？」

「沒錯，芭蕾舞。」

姬蘭老師召集住在附近的孩子，放學後教她們跳芭蕾舞。

話雖如此，但用來當扶把練習的只是公園的單槓，所有人都穿球鞋，沒有人穿芭蕾舞鞋。

不過，環境與裝備雖然克難，姬蘭老師的訓練倒是很正式，澈底地要求她們反覆練習基本的芭蕾動作。所以過了一陣子，就連沒有經驗的一果也能擺出像模像樣的姿勢及動作。

一果原本不當一回事地開始學，馬上就全心全意地陷了進去。

唯有跳舞的時候能忘記一切。

只有自己存在的世界。
沒多久，一果就成了最認真去上姬蘭野外芭蕾教室的學生。
「一、二……確實地踩在地面上，前、旁、後。中間要加入蹲的彎曲動作，最後把腿提起來，腳尖貼著另一腿的膝蓋，取得平衡。想像自己是泉湧而出的水，迸發出能量，再退去……就是這樣。」
姬蘭會輪流指導每個學生，其中又以花在一果身上的時間最久。即使是其他人做不出來的動作，也會來回訓練到一果學會為止。一果跳舞時依舊面無表情，內心為了達到姬蘭老師的要求全力以赴。
自己的身體每天都在變化，逐漸能隨心所欲地做出想做的動作。
這是她有生以來第一次覺得身體屬於自己。
然而，這樣的日子突然畫下句點。
幾個小孩的母親帶著警察闖入公園。
「小文，媽媽不是說過不可以來這裡嗎！」
「你們到底在搞什麼！」
母親們粗魯地抓住女兒的手，瞪著姬蘭，一哄而散。
警官目瞪口呆地看著若無其事、打算繼續教課的姬蘭。

「千佳小姐，妳又來了。我不是告訴過妳，不能沒跟家長說一聲就教小朋友跳那種奇怪的舞嗎？而且還收錢……」

姬蘭會向孩子們收錢。初級生一百圓、高級生五百圓，要她們把錢丟進姬蘭事先準備好的空罐。有些小孩籌不到錢，以餅乾糖果代替學費。

一果別說是錢了，連餅乾糖果也生不出來，但她是資優生，可以不用繳學費。

「奇怪的舞？這叫芭蕾舞。」

姬蘭抬頭挺胸地解釋。見警官一臉詫異地複誦著「芭蕾舞？」，姬蘭自豪地說：

「我以前在瑞士跳過芭蕾舞。」

「瑞士？這裡是廣島……好了好了，快回家去。」

警官沒把姬蘭的話當一回事，隨口漫應兩聲，把姬蘭帶回公園前面狹小的老房子。那房子破敗的程度有如雜草叢生的廢墟。聽說姬蘭老師一個人住在那裡。

送姬蘭回家的警官又回到公園，要求剩下的孩子們回家。孩子們都乖乖聽話，一起小跑步地離開公園，只有一果沒走，默默地繼續練習。

第二天、第三天……一果每天去公園報到，可是都沒有看到姬蘭老師。一果獨自反覆練習姬蘭教她的舞蹈動作。

距離她學會壓抑自己的情緒已經過了好久。

只要凡事都無所謂就行了。無論是自己的事，還是周圍的事，全都無所謂。只要沒有任何期待，就不會失望，也不會受傷。

她就是這樣苟延殘喘地活下來。這樣的世界是灰色的，是平板而單調的，但總好過痛苦的每一天。

可是自從遇見芭蕾，一果感覺自己的心不聽使喚地活了過來，內心充滿無法靠意志力壓抑住的衝動。

可惜姬蘭老師的教室已經解散了。

就在同一時間，社福中心的職員接獲鄰居的通報找上門來，早織與社工爆發激烈的口角，好奇圍觀的左鄰右舍多到築起人牆，引起軒然大波。

因為無法馬上判定一果是不是受到虐待、需不需要立即接受保護，再加上被早織的不依不撓嚇到，社工摸摸鼻子走了。但這場騷動立刻傳到親戚的耳裡，親戚們在沒讓一果知道的情況下自行討論了一番，決定暫時把她送到東京的親戚家。

一果幾乎是趕鴨子上架地被推上開往東京的夜車，連親戚是個什麼樣的人都沒來得及問清楚，手裡只有一張讓她在見面時用來認人的照片。

然而出現在約定地點的親戚並非照片中的叔叔，而是個女人。

意料之外的狀況讓一果有些錯愕，但是對她而言也不是什麼大事。

她唯一好奇的只有那個變成女人的親戚家裡為什麼會有芭蕾蓬蓬裙。
那個人在跳芭蕾舞嗎？
想到這裡，一果連忙阻止自己再想下去。
一果早就知道了，產生任何期待都不會有好下場。

2

「在廣島受到虐待？」

瑞貴停下撲粉的動作，一臉吃驚地看著凪沙。凪沙心煩意亂地嘆氣。

一走進香豌豆的休息室，凪沙就抓住瑞貴，告訴她一果的事。如果不找人發牢騷，恐怕會悶壞自己。

「討厭啦，居然真的有這種事。」

「聽說是住在隔壁的人通報社工單位，我媽也慌了手腳。」

「所以就推給妳了？」

「嗯。」

「那還真是辛苦妳了。」

雖然最後是以暫時幫忙照顧寵物的感覺說服自己，但還是有誤上賊船的不甘。母親為了不讓自己有機會拒絕，擅自將一果送上開往新宿的夜車，當天才打電話告訴她。萬一凪沙有別的事、萬一凪沙根本不在東京，母親打算怎麼處置？

不過母親原本就不是會想這麼多的人。母親從以前就認為自己的事是全世界最重要的事。

「完全猜不到她心裡在想什麼，總覺得有點煩躁。」

「但不是長得很可愛嗎？」

「才不可愛呢。看我的眼神就跟死人沒兩樣，好可怕。」

凪沙環抱自己的身體，裝模作樣地抖了抖。瑞貴不以為意地笑著說：

「妳可要好好地對待人家喔，畢竟她是待不下去才來投靠妳的。」

「那妳幫我照顧她好了。」

「咦！我嗎？」

兩人邊討論一果的事，邊迅速地化好妝，並肩走向大廳。

凪沙在香豌豆的工作不只有表演而已，接客也是很重要的任務。

接客是比表演更令凪沙憂鬱的時間。

人妖秀舞廳的客層基本上大同小異，在這裡招待客戶的上班族、來觀摩比自己漂亮的「男人」的女性顧客、以及涉獵過大大小小的風月場所，為了追求新的刺激而選上人妖秀舞廳，有點小錢的男人。

其中絕大部分的人多多少少都對她們抱持偏見。有神經很大條，視凪沙她們為珍禽異獸的客人；也有自以為站在她們這邊，把自己的價值觀強加在她們身上的客人。

「看在錢的分上，其他的都是過眼雲煙」是媽媽桑的口頭禪，但是對於老大不小才進入這個世界，亦即所謂「半路出家」的凪沙與瑞貴而言，總是難以習慣在受到歧視的情況下還要笑容可掬地面對客人。

凪沙和瑞貴來到洋子媽媽桑這一桌，明菜與糖果已經入座了。

「你好，我是凪沙。」

「初次見面，請多多指教，我是瑞貴。」

在洋子媽媽桑的介紹下，凪沙與瑞貴擠出笑容打招呼。

客人是兩個西裝革履的男人和兩個花枝招展的女人。直覺告訴她們來者不是普通的上班族，洋子媽媽桑以雀躍的語氣說：「他們是演藝圈的人。」洋子媽媽桑最喜歡看電視上的娛樂新聞了，一聽到是演藝圈的人，簡直樂不可支。

聽說有很多演藝圈的人都會上人妖秀舞廳，凪沙過去接待過的演藝圈人士確實多到令她咋舌。

「只是間小事務所啦。這兩個人是剛出道的小明星，今天讓她們來學習一下。」

男人以上司的口吻說。看來已經醉得不輕。

凪沙不動聲色地打量他口中「剛出道的小明星」，外貌確實很美，可惜沒什麼氣質。

這其實也是一種偏見——凪沙在心裡吐了吐舌頭。

「大家都好漂亮。」

女孩們刻意以誇張的反應對凪沙等人表示讚美，上司立刻見縫插針地說：

「妳們要是輸給男人就完了。」

「欸，話也不用說得這麼難聽吧？」

「我的意思是說，人妖都這麼努力了，妳們也要加油才行。」

凪沙忍不住與瑞貴面面相覷。

明知在夜晚的世界裡，要是把每句話都放在心上是會沒完沒了的，但「半路出家」的凪沙與瑞貴總是會在意。

有不少像洋子媽媽桑那種走過昭和年代的女人會自稱人妖，但凪沙不喜歡這個稱呼，也不喜歡男大姐這種字眼。

話雖如此，也沒打算刻意在店裡把跨性別或ＬＧＢＴ掛在嘴邊。需要主動說明的時候，凪沙就說自己是「第三性公關」。因為香豌豆自稱是第三性公關的俱樂部，所以她認為這麼說應該沒錯。她當然知道第三性公關是日本自創的詞彙，也知道有人謠傳說這是樂團南方之星的主唱桑田佳祐發明的詞彙。
既非男性，也非女性，而是第三性。
如果要追本溯源，這個詞彙其實不完全符合清楚意識到自己是女人的凪沙，可是又找不到其他更貼切的說法，所以多半都稱自己為第三性。
老實說，要追究稱呼的定義及區別也很麻煩，儘管如此，她還是很抗拒人妖這個稱號。
「這也沒辦法，誰叫我們長得這麼漂亮呢。這麼說可能有點不好意思，但妳們……是不是醜了點？」
洋子媽媽桑察覺到凪沙等人微妙的反應，立刻插進來打圓場，炒熱氣氛。
有女性客人在座的場合，基本上都可以從這裡打破僵局。話說得越狠，她們越高興。女孩們不依地敲打媽媽桑的肩膀，一旁的男人們也哄堂大笑。
「媽媽桑好幽默，妳們去每個工作現場也要逗得大家哈哈大笑才行喔，否則永遠都別想紅。」
女孩們顯而易見地表示不服。
回過神來，明菜正挽著男性部下的手臂，整個人靠在他身上。看來是她中意的類型。昨天晚上還呼天搶地說不會再愛上別的男人，今天就已經和對方恩斷義絕。

「你晒得好黑啊，真是精壯的好男人。」
明菜頻頻撫摸男人的胸膛。
「是因為打高爾夫球嗎？」瑞貴問。
男人回答：「不，我衝浪。」
「哇，小哥好帥呀，跟我交往。」
明菜勾引對方的眼神是認真的。
「這孩子看到男人就流口水，你可要小心一點。」
糖果一如往常地出言嘲諷。明菜假裝沒聽見，拿起巧克力送到男人嘴邊。
「來，我餵你。張開嘴巴。」
男人戰戰兢兢地張嘴，明菜用力地將巧克力塞進他的嘴巴裡。
「這孩子很容易動情，所以情緒亢奮了點，請多多包涵。」
媽媽桑不好意思地幫忙解釋，她一向拿「容易動情」的明菜沒有辦法。儘管如此，明菜依舊沒有要收斂的意思。
「也帶我去海邊嘛，我也想衝浪。」
「哇，妳可真不害臊。」
糖果一臉正色地出言諷刺。明菜抬高眉頭，大吼一聲：「要妳管。」

「妳說什麼？醜八怪！」

「妳才是肥豬！」

居然在客人面前上演平常在休息室的針鋒相對。

「妳們別在客人面前吵架。」

媽媽桑目瞪口呆地居中調停，但明菜與糖果的爭吵一發不可收拾。

就在兩人的詞彙越來越貧乏，簡直就像小朋友對罵的情況下，凪沙目光悠遠地凝視著半空中。

「大海嗎……真好。」

凪沙自言自語地輕聲呢喃。

「哦，妳喜歡海嗎？」

夾在明菜與糖果之間不知所措的男人反問凪沙。

男人的反應讓明菜鬧起彆扭，意氣用事地喝光了杯子裡的酒。

「我小學的時候去過海邊。」

凪沙平靜地娓娓道來。

「哦，校外教學嗎？」

「對呀，我們學校是去湖邊。」

男性上司也加入聊天陣容。

「我是去海邊。」

忽然之間，在座所有人都專心聽著凪沙傾訴。

「可是我一直在想一件事——為什麼我非得穿男生的泳褲不可？為什麼我不能穿女生的連身泳衣？還為此哭了起來，從此以後就再也沒去過海邊了。」

當時的情況至今仍歷歷在目，也記得刺眼的陽光與無處可去的憤怒。

凪沙說到一個段落，全場的人都安靜下來，只剩下融化的冰塊撞擊玻璃杯的聲響。

「所以我希望有朝一日能去海邊。」

凪沙出神地凝視著半空，試圖回想當時的海洋，可惜怎麼也想不起來。這也難怪，因為自己當時死都不肯望向大海一眼。想起這段過往，凪沙淺淺一笑。

「咦，這是可以笑的嗎？還是不行？」

上司一頭霧水地大聲詢問。

凪沙話中留下令人感傷的餘韻，顯然不適合現在這場合。

「突然變得這麼憂鬱也是凪沙的特色。」

直到剛才都還在鬧彆扭的明菜率先幫忙打了圓場。

「人家也有這個特色喔。」

媽媽桑接著說。糖果立刻毫不留情地笑著吐槽：「媽媽桑沒有吧，有也是戰前的事了。」

「不准取笑大人，老娘從妳出生前就是女人了。」

媽媽用力地拍了糖果的背一下，總算把話題拉回沒營養的廢話。這才是現場需要的氣氛。

「啊，可以幫女孩們點個飲料嗎？」

媽媽桑隨即笑著轉頭問上司。身經百戰的媽媽桑早就把心思轉到賺錢上了。

◆

星期一，凪沙帶一果去新宿的國中報到。

凪沙穿戴著宛如鎧甲的太陽眼鏡和長風衣，絲毫不掩飾自己的不高興。母親明明說她會辦好轉學的手續，事後才告訴凪沙必須以家長的身分去學校一趟。

就算是新宿的學校，凪沙的身影在穿著制服的中學生裡依舊顯得格格不入。就連走在凪沙身後，穿著骯髒外校制服的一果也難逃肆無忌憚的好奇眼神攻勢。

即使被帶到會議室，坐在級任老師及學年主任面前，凪沙也沒打算摘下太陽眼鏡。

級任老師與學年主任都面露難色地看著凪沙。
「這次是要轉入新宿區的學校沒錯吧……」
「沒錯，這是相關文件。」
凪沙把母親寄來的文件扔在桌上，一臉言盡於此地丟下一果，起身就要走人。
「那、那個……請等一下……」
級任老師連忙叫住她。
「還有什麼事？」
「請問妳是一果同學的……」
「親戚。就只是親戚而已。我看起來像是有這麼大的女兒嗎？」
「呃……我聽說這次只是短期轉學。」
「對呀，有什麼問題嗎？」
「不，沒有問題。」
「那我走了。」
凪沙踩著高跟鞋，大步流星地走出會議室。
只留下一果，級任老師要她快點去上課。因為只是短期轉學，學校願意破例借制服給她穿。

級任老師只交代了最基本的事。一果察覺到老師把自己視為燙手山芋，不過她並不在意。因為在廣島的學校，她也是受到相同的對待。

心不在焉地望著窗外景色時，上午的課程結束了。

到了中午休息時間，對一果充滿好奇的男同學火速圍了上來。

他們並排站在一果面前，推來推去地竊竊私語：「你問啦！」

推了好一會兒，正中央的男生鼓起勇氣問她：

「我問妳喔，剛才那個人是妳爸爸？還是媽媽？」

既然有人破題，所有人開始七嘴八舌地發問：

「他有上電視嗎？」

「要不然你也穿個女生的衣服來看看。」

「欸，我才不要。」

男生們不懷好意地哄堂大笑。

一果站起來。

手長腳長的一果比任何一個男生都還要高，男生們彷彿都被她的氣勢壓制住，退了半步。

「妳好高啊。」

有個男生情不自禁地輕聲說。

一果面無表情地低頭看著男生們，接著突然舉起剛才坐的椅子，扔向那群男生。椅子精準地砸中其中一個人，只見他像支保齡球瓶似地向後倒。

一果沒等他屁股著地就衝出教室。

但是衝出教室之後，一時半刻也想不到自己能去哪裡。

一果漫無目的地往前走，在沒什麼人經過的逃生梯上坐下。

無聊死了。

最好一切都能從世界上消失。

一果捲起袖子，狠狠地咬住手臂，心情稍微平靜了點。

一果在樓梯上坐了好久好久，才被顯然花很多時間到處找她的級任老師發現，將她帶去會議室。

「為什麼要用椅子打人？」

級任老師和學年主任問了她一遍又一遍，一果始終沒說話，因為她自己也沒有答案。

「怎麼來了個問題兒童。」

級任老師連忙制止學年主任不小心脫口而出的真心話。不過無論別人怎麼想，一果都無所謂。

老師打電話給凪沙，但凪沙不接。

老師們無可奈何地壓低聲線討論對策。花了點時間寫了一封信，讓一果帶回去給凪沙看。

大概是要凪沙去學校。

好不容易擺脫老師的糾纏，早已過了放學時間。一果離開學校，把老師交給她的信丟進最先看到的垃圾筒。

終究還是只能回凪沙那邊吧，但一果現在一點也不想直接回去。

一果繼續漫無目的地走著，目光被從她面前經過的少女們吸引住。

少女們都把長髮紮成丸子頭。

那是跳芭蕾舞時梳的髮型。

一果的視線追逐著少女們的身影。

在故鄉廣島也看過芭蕾教室下課的少女們綁著丸子頭。即使是姬蘭老師的野外芭蕾教室，也有少女綁著丸子頭來上課，還沾沾自喜地炫耀「是媽媽幫我綁的」。

「老師昨天好凶喔。」

「嗯，嚇死人了。」

「是不是因為比賽快到了。」

「才不是呢，肯定只是因為心情不好。」

少女們吱吱喳喳地聊著天，漸行漸遠。

東京也有芭蕾教室啊。

仔細想想，這不是廢話嗎。是一果自我設限，以為離開姬蘭老師就再也不能跳芭蕾舞了。

距離警察找上姬蘭老師已經過了好久，一果也已經好久沒跳芭蕾舞了。

回過神來，一果正鬼鬼祟祟地跟在少女們身後。

少女們魚貫走進前方不遠處的屋子裡。乍看之下很普通的民宅，掛著「芭蕾教室」的偌大招牌。一果躡手躡腳地靠近，室內傳來鋼琴聲。

門上貼了一張「舞蹈教室入口」的手寫紙條。一果彷彿被吸過去似地把手伸向門板。

「高一點！再高一點！」

稍微把門推開一條縫，突如其來的大嗓門嚇了一果一跳。

一果連忙把門關上。

但依舊壓抑不住想看一眼的心情。

於是又繞到窗戶旁邊，從窗口悄悄往裡頭窺探。

好老舊的舞蹈教室。

在一群身穿芭蕾舞衣的少女正中央，有個穿著緊身褲及運動風上衣的女性，正以讓空氣震動得嗡嗡作響的音量大聲說：

「好，下一個出發。就是這樣。追趕步的動作太笨重了。小櫻，腳尖滑並步的時候腳跟朝前，延伸的時候手儘量拉長。好，下一個準備出發。琳，跳躍時要注意下面那隻腳，雙腿在空中聚攏在第五位置，腳要在身體後面伸直。很好，在地板上蹬一下！很好，很好喔。」

姬蘭老師經常掛在嘴邊的芭蕾術語傳入耳中，讓一果感覺通體舒暢。向姬蘭老師學習的時候，一果也很愛聽這些有如咒語般的專業術語。

大部分的學生看起來都是高中生，大伙兒正專心地接受女人的指導。

其中大概有十個學生跳得比向姬蘭老師學舞的孩子們好得多。

「好了，今天到此為止。敬禮。大家辛苦了。琳，妳過來一下。」

女人叫住跳得最好的學生。那個女生的五官十分立體，長了一張看起來自我主張很堅定的臉。

琳。

一果只聽過一次就記住她的名字，真不可思議。

「來了。」

琳站在女人面前，背部打得筆直。

「妳將來想成為專業的芭蕾舞者吧？」

「對。」

「那就要跳得更認真一點。」

「好。」

這時，女人隔著窗戶與一果對上眼。一果下意識蹲下，打算壓低身體，偷偷逃走。

「啊，等一下！」

就快要衝出大馬路的時候，背後傳來呼喚她的聲音。回頭看，門開著，女人正以氣勢驚人的速度朝她跑過來。

「等一下！」

一果不得不停下腳步，或許對方是要責備她偷看的行為。

「這給妳，不嫌棄的話請帶回去參考。」

女人遞出芭蕾教室的傳單。

大概是女人自己做的，設計得很簡單，一看就知道出自外行人之手的傳單上印有女人的臉部照片，下面寫著「講師・片平實花」，除此之外還詳細地寫上她——實花的經歷及實績。但最吸引一果目光的莫過於下面那行「體驗課」的字眼。

「妳住在這附近嗎？對芭蕾有興趣嗎？」

實花熱情地問一果。一果一句話也不說，只是接過傳單，默默地走開。

「真是個怪小孩。」

實花側著頭，目送一果離去。下意識以指導者的目光上下打量一果的背影。

「手腳好長啊。」

實花喃喃自語地說，轉身回教室。

千圓鈔落入存錢筒。平時看到千圓鈔票越疊越高的樣子，心情都會很興奮，這次卻毫無波瀾，甚至覺得鈔票的高度永遠都不會再長高了。內心湧起一陣不安，會不會永遠都存不滿啊。

還要再存多少錢，才能變成女人呢？

凪沙邊思考這件事，邊打電話給母親。

「喂，是我。我帶那孩子去上課了。」

「太好了。要是一果有什麼閃失，出現在電視新聞上，那可真是吃不消啊。」

母親喋喋不休地重複以前也說過的話，簡單來說就是深怕在沒有祕密可言的鄉下，過著被左鄰右舍指指點點的生活。凪沙粗魯地打斷母親。

「要照約定匯錢給我喔，我這邊的生活也不輕鬆。」

雖說母親幾乎是把一果硬塞給他，可是說穿了，最後決定接受一果也是看在母親會出錢的分上。

據母親透露，親戚們討論之後，好像決定要一起出一果的養育費。至於多少錢，母親沒有明講，但只要有一筆錢進帳，凪沙就能一口氣離實現計畫更近一步。

「知道了啦，現在正在討論這件事。」

「我等妳電話。」

掛斷電話的瞬間，門開了，一果不聲不響地走進來，不聲不響地走向自己的空間。

雖然只是暫時借住，畢竟是共同生活，凪沙要一果在狹小的房間裡選個屬於自己的地方，要求一果儘量待在那裡起居作息。一果選了廚房。

一果晚上在半坪大的廚房裡鋪被子睡覺，白天也一板一眼地從未跨出那個小天地。

就算是這樣，凪沙也不覺得她善解人意，因為她看凪沙的眼神還是很令人不愉快。

凪沙告訴自己，這一切都是看在錢的分上，可惜仍舊控制不住焦躁的情緒。

「過來一下。」

她以尖銳的嗓音叫一果，看也不看她一眼。一果慢吞吞地走過來。

差不多該去店裡上班了。凪沙邊對鏡梳妝，邊對站在背後的一果說話。這麼一來也不用看到一果人小鬼大的眼神。

「學校打電話給我，說給了妳一封信。」

沒有反應。

「還叫我去學校，說妳用椅子砸班上同學，是真的嗎？」

還是沒有反應。凪沙不禁嘆了一口大氣。

「我說妳呀，妳要在學校做什麼，要變壞還是要怎樣都隨便妳，就是別給我添麻煩。只有三個月左右，拜託妳安分一點。告訴老師，我是絕對不會去學校的。」

說著說著，怒火越燒越旺，凪沙衝動地拿起放在旁邊的抹布扔向一果。即便抹布砸在身上，一果的表情也絲毫沒有變化。明明處於挨罵的位置，卻以責備的眼神回望凪沙。

「還有，我不是說每天都要整理房間嗎？」

既然要住在這個家裡，自然希望她能夠自動自發地幫忙做家事。至少如果是凪沙，一定會這麼做。

雖然眼線才畫到一半，凪沙仍狠狠地瞪著一果。一果不逃也不躲地承受她的視線，就在凪沙先敗下陣來，正要移開視線時，一果慢條斯理地拾起抹布，不偏不倚地扔向凪沙。

「該死。」

這是凪沙第一次聽到一果的聲音。

「妳說什麼?」

「該死。」

「真是氣死我耶，妳以為是誰好心收留妳?」

「我又沒有拜託妳。」

凪沙再次後悔收留一果。還以為只是收留一隻比較難相處的寵物，怎知大錯特錯。

這孩子到底怎麼回事，乖僻的程度遠遠超出凪沙想像。

凪沙慢慢地站起來，拿起皮包與外套，瞪著一果說：

「要是我回來的時候沒有打掃乾淨，我真的會趕妳出去。」

凪沙咬牙切齒地撂下狠話，出門上班。

光是能逃離少女的注視，凪沙就感覺如釋重負。

剩下一果獨自不言不語地佇立在原地好半晌，以看仇人的眼神怒視掉在地上的抹布。突然間，一果沒有表情的臉龐嚴重扭曲，伸出長長的手臂，抓住垃圾筒，用力甩開，把垃圾弄得滿屋子都是。

我又沒有拜託妳。

無論是來東京，還是在東京寄人籬下，就連生下來這件事，都不是她的本意，都是大人擅自強加在她身上，擅自逼迫她要這樣那樣。

該死。該死。該死。

垃圾筒裡的東西已經全部被她倒出來了。

一果扔掉垃圾筒，捲起袖子。手臂上還清楚地烙印著白天咬過的痕跡。一果用力咬住旁邊的肉，血的味道與疼痛的感覺一起慢慢滲入四肢，一果感覺稍微平靜了一點。

香豌豆的表演一天兩次。

這天，為了第一場表演，凪沙等人穿上天鵝的服裝。

掀開走廊盡頭的簾子，前面就是舞台。

四人現身時，常客全都高聲歡呼：「等妳們好久了！」

正式的芭蕾舞公演想必不會出現這種活像捧戲班子的鬼吼鬼叫，然而成為眾所矚目的焦點依舊令人喜悅。不過這天連常客都只有小貓兩三隻，觀眾席空蕩蕩的。

儘管如此，也只能為眼前的客人努力獻舞。

四人在舞台上擺好姿勢，耳邊傳來輕快的音樂。

〈四隻天鵝〉。

正確的名稱好像是《天鵝湖・第二幕・四隻小天鵝》。

凪沙對芭蕾一無所知，與大多數的日本人一樣，聽過《天鵝湖》這個名稱，但是沒有認真看過。頂多只有為了參考姿勢該怎麼擺，稍微看一下網路上的影片。不過，她很喜歡這支舞，也很喜歡公主變成天鵝的故事。

每個人都有變身的願望。

《天鵝湖》是不分青紅皂白地施魔法，把公主變成天鵝的悲劇，但凪沙不這麼想。只要能變成天鵝，她甘之如飴。

也想在空中飛翔。

凪沙在台上跳舞的時候總忍不住產生這種孩子氣的夢想。

〈四隻天鵝〉並不是凪沙決定的曲目，而是香豌豆從幾十年前就沿用至今的劇碼，舞步也是一代一代地傳承下來。因此凪沙並不清楚她們跳的舞是否真實呈現〈四隻天鵝〉的舞蹈。

江湖傳聞是媽媽桑看到《天鵝湖》在日本的第一場公演，大受感動，決定在香豌豆跳這支舞。但凪沙曾經上網查過，《天鵝湖》第一次在日本公演是大戰剛結束的一九四六年，所以江湖傳聞也只是傳聞。

她們的表演當然不只有天鵝之舞，香豌豆一個晚上大約有七個表演項目。

每個表演項目都會換衣服，配合歌曲及主題，各自準備合適的豪華秀服。大部分的客人來這裡就是為了享受這種脫離現實、五彩繽紛的世界。

結束第一場表演，凪沙等人來到觀眾席接待客人。如同在舞台上察覺到的，今天的客人果然不多，這麼一來可能無法收到太多紅包。凪沙邊想邊落座。

凪沙負責接待的客人是個即將步入老年的男性，聽說是地方議員之類的人物，還帶著男祕書。

由於沒有其他熟客，包括媽媽桑在內，頭牌明菜及瑞貴都來坐在議員這桌。

議員貌似已經喝多了。

「妳們已經改造過了嗎？」

品頭論足的視線毫不客氣地掃向凪沙等人。議員連招呼都不打，就說出難聽的話。

凪沙第一時間變了臉色，露出不該出現在客人面前的表情，嚇得媽媽桑慌了手腳，用手肘頂了頂凪沙。

凪沙不像媽媽桑那麼會應付喝醉的客人，也還無法習慣喝醉的客人借酒裝瘋的歧視。儘管客人們都認為那只是開玩笑。

是她不擅應付的客人，凪沙決定安分地保持沉默。

「欸，一上來就問這個問題？」

明菜經常表示自己很擅長搞定麻煩的客人，此時故意以輕浮的語氣吐槽。議員目不轉睛地盯著明菜姣好的臉龐，慢悠悠地伸出手，一把抓住她的胸部。

「住手！這是要收錢的。」

明菜拍開議員的手，惡狠狠地瞪著對方，議員只是嬉皮笑臉地打哈哈：

「有什麼關係嘛，反正還不是做的。」

「才不是做的，這是我自己的身體。」

「是嗎？以男人來說，妳的身材還不錯嘛。」

不懷好意的笑臉下流得令人作嘔。

這種人居然是大家口中的議員，在議會上自大地講著道貌岸然的話。

凪沙認為人類有表裡兩面，自己也不例外。長久以來，她都假裝成男人活著。

自從在這家店工作以後，這種想法越加強烈。

無論是什麼樣的客人都有表裡兩面。

而酒精會讓人恣意地表現出不為人知的那一面，但凡喝過酒的人都明白這個道理。

所以凪沙認為那些一杯接一杯、飲酒過量乃至於性情大變的人，其實是希望別人看見他們不為人知的一面。

有人希望別人看見脆弱的自己，也有人想藉此發洩醜陋的嫉妒。

這位議員肯定也希望別人知道自己其實是個無可救藥的人類。凪沙抿著嘴，在心裡竊笑。

「您不喝酒的時候應該很紳士吧。」

凪沙以笑裡藏刀的語氣問。

議員並未聽出她的弦外之音，得意地回答：「那當然。」

「所以您是變身怪醫嘍。」

「什麼意思？」

「變身怪醫是……」

媽媽桑敏感地從凪沙的表情中察覺到她可能會丟一顆炸彈，連忙岔開話題：

「別理她了，大議員，來，再乾一杯。」

媽媽桑又為他調了一杯兌水酒，議員以敗興的表情一口氣喝光。

「以前的人妖好玩多了，最近動不動就主張自己的權利，真是國之將亡，必有妖孽啊。」

「怎麼？人妖主張自己的權利，國家就會滅亡嗎？為什麼？」

這次換瑞貴追問。嘴角帶著淺淺的笑意，但眼神完全沒有在笑。

「這家店裡只有會害國家滅亡的人妖，議員來這裡不要緊嗎？」

凪沙窮追猛打地逼問。媽媽桑已經沒有要阻止她們的意思，一臉沒辦法了，為自己調了一杯比較烈的兌水酒，自暴自棄地猛灌。

議員喝得面紅耳赤，正想開口說些什麼的時候，祕書的手機響了。

「議員，是野村大佬。」

議員頓時臉色大變。

「喂，大佬。是的，沒錯，那件事的情況有點變化……」

議員慌張地接過電話，卑躬屈膝地朝電話那頭的人物頻頻行禮，躲到角落講電話。看樣子是地位比他更高的政治家打來的電話。

或許光靠一通電話就能改變很多事吧。祕書也拿起另一支手機，手忙腳亂地消失在同一個角落。

「那傢伙是怎麼回事，好討厭。」

確定看不見兩人的背影後，凪沙不屑地啐了一聲，同時揭開說壞話大會的序幕。

「肯定是鄉下的議員啦，真沒見識。」

就連理當制止她們的媽媽桑也口出惡言。

腦子裡突然閃過一個念頭，凪沙興奮地握住瑞貴的手，力氣大到都快握痛她了。

「瑞貴，妳這麼聰明，乾脆去當議員好了。」

「咦？我？為什麼？」

瑞貴笑著不當一回事，凪沙認真地繼續遊說：

「那種人都能當上議員了，瑞貴一定沒問題。」

「我怎麼可能當得上。」

瑞貴語帶困惑地苦笑著說。媽媽桑也一臉正經地點頭。

「政治家？聽起來好不切實際，但瑞貴或許真的能辦到。」

「媽媽，這家店的名字也是，聽說原本只有白色和粉紅色的香豌豆。」

凪沙秀了一手最近剛從網路上查到的知識。為了說服一頭霧水、不曉得她在說什麼的瑞貴，一字一句接著說：

「原本沒有紅色的香豌豆，是經過品種改良才培養出紅色的香豌豆。不覺得這種花跟我們很像嗎？如果是瑞貴，或許能幫我們掀起革命。」

偶然在網路上得知這個知識時，凪沙是真的這麼想。紅色香豌豆開得理直氣壯，誰也不在乎香豌豆原本是白色還是粉紅色，或是介於兩者之間的顏色，只要這種顏色新穎的花能美麗地盛放就行了。

「哦，香豌豆革命嗎。」

媽媽桑樂不可支地喃喃自語。

「沒錯，香豌豆革命。」

連明菜也跟著附和。包含瑞貴在內，所有人都很喜歡這個字眼。

「為香豌豆革命乾杯！」

凪沙與大家一起碰杯。

清脆的撞擊聲在沒有客人的包廂裡迴盪著。

◆

實花在新宿開設小型芭蕾舞教室已經過了七年。

五歲開始學芭蕾，曾經也是夢想躍上世界舞台的少女，長大成人以後不得不從第一線退下來，專心指導後進。

芭蕾舞壇的競爭非常激烈，手長腳長等與生俱來的體型優勢及天分比什麼都重要，那是再怎麼努力都無法達到的優勢。遺憾的是，擁有能在國際走跳的體型及天分的日本人並不多。

日本明明擁有全球數一數二的芭蕾舞學習人口，卻始終無法站上國際舞台的原因不止如此，教學本身也大有問題。在經營教室為主的業界環境下，大部分學生皆滿足於玩票性質，練著練著就放棄了，這也是日本特有的芭蕾舞現狀。

就連年輕時對這種現象不以為然的實花，如今也成為經營教室的人，在理想與現實間擺盪。

練舞前的芭蕾教室，學生正在換衣服、做伸展操，各自以放鬆的樣子準備上課。實花打起精神，一一向她們打招呼。

練習時很嚴格，但除此之外的時間她提醒自己要一視同仁對待所有學生。不能像自己小時候那樣，單方面地灌輸斯巴達教育。實花認為這種體育社團般的芭蕾舞教育也對日本的現狀造成了不良的影響。

她希望有朝一日能親手培養出世界級的芭蕾舞者，這是實花現在的夢想。

「我問妳們，昨天不是有考試嗎？考得如何？」

「呃……我好像考得很差。」

「我應該考得還不錯。」

學生們爭先恐後地回答實花丟出來的問題。

「有一句話叫『文武雙全』，所以學習也不能鬆懈喔。尤其是英文，如果想出國跳舞的話，請務必學好英文。」

「我想出國！」

「我也想！」

少女們七嘴八舌地鼓譟成一團。

如果舞跳得夠好，當然想出國深造。

這是所有芭蕾舞者的夢想。

然而，只有極少數人能實現這個夢想。有的家庭因為把所有錢都砸在學舞上，導致經濟陷入困境，也有些家長不惜賣房子給女兒籌措留學的費用。

要培養世界級的專業舞者，就像硬要把線穿進比線還細的針孔裡。光是想到這點，心情就鬱悶起來。這時，一果在門口窺探的臉映入眼簾。

……是那個古怪的孩子。

實花在臉上堆滿笑容，沒把心裡的話說出來。

「妳來啦。」

一果面無表情地點點頭。

「妳有帶方便活動的衣服嗎？」

一果從包包裡拿出國中的體育服。大概是沒有洗乾淨，看起來髒髒的，胸口用簽字筆寫著「櫻田」二字。

其他學生好奇地打量髒兮兮的體育服。

「穿那個就行了，問題是鞋子該怎麼辦……」

總不能讓她光著腳丫子跳舞。

「我有兩雙鞋。」

琳自告奮勇地舉手。琳是教室裡跳得最好的學生，長得很有個性，光是修長的手腳就已經夠引人注意了，還穿著鮮艷的紫色芭蕾舞衣，在一片深藍色及黑色舞衣中顯得格外耀眼。

「真的可以嗎？」

「可以啊，我昨天剛好買了新的舞鞋。如果妳不介意這是舊鞋的話，尺寸應該沒問題。」

琳將舞鞋遞給一果。一果連謝謝也沒說就接下。學生們皆以警戒的眼神看著一果。

實花要一果去更衣室換衣服，把她介紹給其他學生。

「大家都準備好了嗎？這是今天來參加體驗課程的一果。」

即使被實花點到名，一果依舊連頭也不點一下，面無表情地杵在原地。

果然是個怪小孩。

實花暗自心想，把思緒切換到上課模式。

「先從敬禮開始。」

芭蕾舞一定要從敬禮動作開始，實花還以為得從頭教起，望向一果，只見她大幅度地彎曲交叉的膝蓋，從指尖到腳趾頭都繃緊了，擺出優雅的敬禮姿勢。

看樣子並非完全沒有經驗。

實花瞥了一果一眼，開始播放音樂。

「那麼雙手握住把桿，從熱身的延伸動作開始。要把感覺放在腳掌，確實地使用腳趾內側的肌肉。從大腿內側向外旋轉，內收肌用力，骨盤不要動，只要靠股關節上、下。」

實花直接伸手去摸並排站在把桿前的學生，微調她們的平衡及動作。

「更用力地壓向地板一點，提起腳掌。」

實花糾正琳的音量比平常更大聲也更尖銳。一想到她的天分能不能開花結果端視自己的指導功力，就無法不嚴厲地糾正。

「琳，我不是每次都說骨盤不要動嗎！」

當旋律接近尾聲，實花命令學生們放掉把桿。

有人微微地晃了晃，但幾乎所有的學生都擺出整齊劃一的姿勢，靜止不動。只有一果搖搖晃晃，樣子十分狼狽，引來某些學生忍不住的竊笑聲。

「不准笑！妳們有本事笑別人嗎？芭蕾舞可沒有這麼簡單。好了，休息一下。」

學生們垂頭喪氣，有的喝水、有的擦汗，偷偷地觀察實花的表情。因為她們很清楚實花一旦發脾氣，整天的心情都會很惡劣。

然而，今天的實花老師顯然對「怪小孩」充滿興趣。課堂上雖然專心地指導眼前的每一個學生，可是像現在休息時間，實花老師的視線都鎖定在「怪小孩」身上。

即使大家都在休息，那個「怪小孩」也始終保持芭蕾舞動作。雖然還是左搖右晃，但一直維持住姿勢。

「這傢伙真是莫名其妙。」

其中一個學生附在琳耳邊說悄悄話。

「可是練習本身是一件好事。」

琳直來直往地回答，也開始練習，主動結束休息。

因為琳是教室裡最不服輸的人，不只舞蹈技巧上不想輸，就連練習量也不想輸給任何人。

實花的目光還停留在一果身上。雖然一果跳得亂七八糟，卻有股令她移不開目光的魔力。

實花從專心反覆練習平衡的琳身後逕自走過，站在一果面前，甚至沒注意到琳受衝擊地倒抽了一口氣。

「妳跳過芭蕾嗎？」
還以為一果不會回答，沒想到一果停頓了半拍，微微頷首。
「妳的舞蹈非常有個性，是跟哪位老師學的？」
這次換來無言的表示。難不成她只願意回答是或不是？
真是個怪小孩。但一果手中確實握有可以說是上帝恩賜的資質，她擁有所有舞者夢寐以求的修長手腳。
「好，那我們繼續。」
實花想繼續看一果跳舞。
壓下迫不及待的心情，實花比平常更早結束休息，開始進行後半堂的訓練。

◆

回到凪沙的住處，一果的興奮仍無法平息。
審視倒映在洗臉台鏡中的自己，還是一樣面無表情，但臉頰泛紅、雙眼閃閃發光的樣子簡直像得了重感冒。事實上，感覺還真的有點發燙，身體很熱。
她想跳芭蕾舞。現在就想馬上舞動起來，想得不得了。姬蘭老師的教室結束後，儘管她仍日復一日地獨自去公園練習，但總覺得身體無法照自己的意思活動。

她想跳得更好，想去舞蹈教室上課。

可是體驗課應該只能上一次吧。

拜託凪沙幫她出學費這種事，一果連想都不敢想。想也知道不可能，但是又無法放棄。她明明很擅長放棄，卻無論如何都無法放棄。

一果想了又想，該怎麼做才能繼續跳芭蕾舞呢。

可惜一個好主意也想不出來。

鑽進牛角尖的一果突然站起來，慢吞吞地開始打掃房間。

她也不知道自己為什麼要打掃，只是無法什麼都不做。心情也有些躁動不安，無法安安靜靜地待著不動。一果默默地打掃房間，收拾清潔。

好不容易終於打掃完畢，凪沙回來了。

「……怎麼了？妳還醒著？」

凪沙看到抱著膝蓋坐在廚房的一果，驚呼出聲。

因為時間已經過了十二點。

凪沙脫鞋，走進房間，立刻發現屋子裡的變化。

原本脫下來就隨手亂扔的衣服、散亂一地的雜誌、堆得亂七八糟的保特瓶等雜物全都消失了，地板甚至還用吸塵器吸過。

雖然難以置信，但這只有可能是一果的傑作。

「這是怎麼回事？」

一果一聲不吭地瞅著凪沙。

「什麼事？」

一果臉上浮現欲言又止、就快要沉不住氣的神色，但隨即又變回面無表情，轉身背對凪沙，鑽進被窩裡。

「咦？到底怎樣啦……」

凪沙脫下大衣，一頭霧水地問。

即使蓋上被子，閉上雙眼，一果也半點睡意都沒有。回過神來，滿腦子都是芭蕾舞教室的事。

索性趁凪沙洗澡的時候推開棉被，走出房間。

老舊的大樓走廊上到處都可以看到裸露的水管，一果把手放在其中一條管線上，慢慢地擺出姿勢。

回想實花的教學，舞動身體。

再次回過神來，不知不覺已經過了一個小時。一果滿身大汗，原本完全沒有意識到夜裡有多冷，如今忍不住打了一個冷顫。

回到房間，凪沙已經上床就寢。

她想跳得更好。

為了跳得更好，她想每天練習。

一果反覆想著這件事，鑽進被窩。這次頭才沾到枕頭，沒幾分鐘就沉沉睡去。

3

第二天，一果去學校上課的時候，突然有人從背後喊她。

自從轉來的第一天就發生傷人事件後，所有人都對一果敬而遠之，幾乎沒有人要跟她說話。

所以一果完全沒想到那聲音是在叫她，繼續往前走。這次又有人輕輕地拍了她的肩膀一下。回頭看，一根指頭戳進臉頰。是小朋友才會做的惡作劇。在芭蕾舞教室見過的琳正轉動手指，猛戳一果的臉頰，自己臉上也帶著笑意。

「妳好！」

「真的假的……」

沒想到她們居然念同一所學校。

「真的，」琳以惡作劇的表情說，「我也沒想到居然和妳念同一所國中，嚇我一跳。」

琳湊近一果的臉。距離近到幾乎要吻上一果，一果也能感受到她的氣息。近距離一看，琳有一雙杏仁形狀的美麗雙眼，一果不由得臉紅心跳。

「而且我還是妳的學姐喔。」

琳說她是二年級，比一果高一屆。

「適應這所學校了嗎？」

一果沉默不語地低下頭。琳顯然並不在意，大刺刺地接著說：

「誰是妳老師？該不會是巨無霸吧？」

她口中的巨無霸大概是指體型壯碩得有如相撲力士，卻總是畏畏縮縮的老師。一果很快就發現其他學生都在私底下喊他巨無霸。

「不是。」

「那真是太好了。他以前是我們的級任老師，簡直是一場惡夢！」

琳自顧自地說個不停，一果聽不太懂她在說什麼，也不知該做何反應才好。但琳毫不介意，貌似根本不在乎對方有沒有在聽，只顧著說出自己想說的話。

當一果意識到自己既不用努力附和，也不用勉強回答時，就連原本在琳面前也自然而然繃緊的身體一口氣放鬆了。

「妳住哪？」

「離這裡走路二十分鐘的地方。」

「哦，那離我家很近，要不要來我家玩？嗯，就這麼決定了，放學後在校門口集合。」

琳不由分說地丟下這句話。在此之前，無論誰向一果示好，一果只希望他們離自己遠一點，可是受到琳的邀約後，一果發現自己竟然比想像中更期待放學。

一果隱隱約約感覺得出來，直接把芭蕾舞鞋大方送給自己的琳，家裡肯定很有錢。實際到了一看，琳的家境遠比一果想像的更富裕，住的地方與其說是房子，給一果的感覺更像是城堡。

穿過自動開關的門，再穿過廣大的庭園，好不容易才走到豪宅前方。寬敞的車庫停了看起來很高級的汽機車，至少有兩輛機車和三輛汽車。有個穿著雪白毛衣的男人正在為其中一輛機車上蠟。一果著實納悶，車身已經潔淨得光可鑑人了，為什麼還要打蠟。

「我回來了！」

琳的招呼聲讓男人停下洗車的動作，露出潔白的牙齒笑了。看樣子他應該是琳的父親。

「哦，妳回來啦。今天在學校過得如何？」

「嗯，很開心。」

一果不動聲色地觀察琳與父親的交流。

一果不記得自己的父親。

畢竟自己才剛出生，父親就離家出走了，有跟沒有一樣，不可能有任何印象。所以一果從來沒有想見親生父親、或是想跟他一起生活的念頭。

儘管如此，看到別人的父親，總是令她莫名在意。

琳繼續自顧自地說著學校發生的事。父親面帶笑容，默默聆聽。

琳的父親有一雙溫柔的眼睛，可是不知怎地，總讓一果聯想到電視連續劇裡的父親角色。

「妳爸爸？」

一果在玄關脫鞋，第一次主動向琳提出問題。

她當然知道剛才的男人是她父親，只是想觀察琳的反應。

「嗯，是我爸。」

「妳爸是什麼樣的人？」

「不重要的人。」

琳沒好氣地說，冰冷的表情與剛才口沫橫飛述說學校裡發生什麼事的樣子判若兩人。

琳的回答勾起一果的興趣，總覺得她說的就算不完全是事實，應該也與事實相去不遠。

一果正打算再提出下一個問題時，這次換成花枝招展的女人出現了。

「妳回來啦。」

女人與琳同樣有雙形狀姣好的眼睛，一果立刻明白她是琳的母親。

琳的母親懷裡抱著雪白的狗，身上的衣服也是白色的，幾乎與狗融為一體。一果覺得很好笑，但是當然沒有真的笑出來。

「我回來了。」

「今天在學校過得如何？」

「嗯，很開心。」

琳的回答跟剛才回答父親的時候一模一樣。這也難怪，因為是同一個問題嘛。一果感到好奇，每個家庭都要分別向父母報告自己在學校裡過得怎樣嗎？既然答案相同，琳回答起來跟播放錄音帶沒兩樣也是很自然的事。一果懷疑她是不是每天都播放相同的答案，可是父母卻沒發現。

「肚子餓不餓？要不要吃點什麼？」

「不用了。」

琳搖搖頭。直到這一刻，琳的母親才正眼捕捉到一果的身影。

「咦，這位是妳的朋友嗎？」

「對，她叫一果。」

母親以訝異的眼神打量即使經過琳的介紹，依舊不打招呼的一果。

一果隨琳走進客廳，光是客廳就大到至少可以裝進十個廣島的家。

即使是對物品價格缺乏概念的一果，也能大概猜到家具及室內陳設都是非常高檔的物品。

其中有一幅巨大的繪畫特別吸引一果的目光。

畫中是擺出芭蕾舞姿的女人與少女。一果很快就反應過來，那是琳與她母親的肖像畫。

「小琳，我上次跟妳提的那件事，妳好好考慮一下。」

「什麼事？出國的事嗎？」

「沒錯。妳遲早一定要去的，在日本跳芭蕾舞根本沒有出路。」

一果心不在焉盯著肖像畫時，琳與母親敷衍應付的對話跳到女兒的未來。

「可是我想繼續在實花老師的教室上課。」

「我知道實花老師很有能力，可惜沒有實績。如果要出國比賽，老師的名聲也很重要喔。」

這個話題似乎已經在琳與母親之間討論過很多次，琳的反應很冷淡，母親也不在乎，自顧自地接下去。一果懷疑琳該不會也是這樣自顧自地跟母親說話吧。

「一果同學也跳芭蕾嗎？」

琳的母親顯然原本不打算理她，可是又想確認一下女兒帶回來的朋友有沒有「實績」。琳代一果回答：

「嗯，她是轉學生，剛加入實花老師的教室。」

「這樣啊，妳以前也學過嗎？」

一果微微頷首。

「在哪裡學的？」

「向姬蘭老師學的。」

「誰？」

「姬蘭老師在公園教我們跳舞。」

琳母親的表情頓時凝結，似乎是在判斷能否接受一果當女兒的朋友。

「去我房間吧。」

琳趕在母親開口前果斷地拉住一果的手，帶她到自己位於二樓的房間。

琳的房間裡堆滿了芭蕾舞的相關物品，比賽的獎狀及獎盃、還有琳小時候穿著蓬蓬裙的照片。

「唉，累死我了。」

一踏進房間，琳就把包包使勁扔在床上，咬牙切齒地說。

「爸爸一身白，媽媽也一身白，就連小狗都是白色，這是什麼白熊家族嗎？」

琳被自己打的比方逗得捧腹大笑。一果對琳的玩笑話充耳不聞，呆呆地瀏覽數量多到彷彿是琳之紀念館的照片。

「啊，那些都是我的照片，全都是我媽擅自放的，真受不了。」

琳粗魯地把抱枕扔向牆壁，然而裝飾用的照片牢牢地釘在牆上，文風不動。

也有些照片裡的人物不是琳。

「那些是我媽年輕的時候，去紐約還是哪裡的芭蕾舞學校進修時拍的照片。反正不是靠錢就是靠關係走後門。我從沒看過我媽跳舞，想也知道一定跳得很爛。」

琳尖酸刻薄地批判，走進掛滿華服的衣帽間。

琳打開抽屜，裡頭塞滿芭蕾舞衣。琳一件接著一件翻出來，裝進紙袋，遞給一果。

「給妳，雖然都是我的舊衣服。」

「我沒有錢喔。」

一果不願收下，琳把紙袋塞進她手裡。

「別在意。我們家什麼都沒有，就是有錢。我媽每天上美容院，我爸年收入千萬圓，還養了兩個小三。我爸說我們家的錢就像溫泉一樣，會自己冒出來。」

「可是我沒有錢，所以沒辦法再去上課了。」

一果低著頭說。自從上過體驗課，她一直在思考要怎麼做才能繼續上課，可惜無計可施。

「妳家也有一本難念的經嗎……沒問題，包在我身上。」

琳倏地將臉湊近一果，嫣然一笑。

◆

一果去琳家玩的時候，凪沙正盯著假指甲的水鑽不放。

注意力集中在指甲上的同時，針頭不知不覺已刺進自己的皮膚，並不會痛。人不可貌相，護理師的技術果然很高明。

開始注射荷爾蒙至今已有近三年的時間，每次的費用雖然只要幾千塊，可是定期打下來的金額也不容小覷。

這三年來，胸部隆起，體型也逐漸女性化，可惜依舊無法適應打針的副作用。注射女性荷爾蒙的副作用因人而異，凪沙屬於特別嚴重的那種，很容易精神不濟，或感覺內心深處潛藏的不安與憤怒一股腦兒湧上心頭。

打完針回家的路上，滿腦子都是孝介的事。

孝介是凪沙在故鄉廣島的公司上班時認識的男人，在她搬到東京後仍繼續交往。

凪沙從小就為自己的性向所苦，但是在三十歲以前還以為自己只是愛上男人的男人，以為自己是世人口中的同性戀。因此當她發現自己想變成女人的時候，做好分手的心理準備，向孝介坦誠以告。但孝介說他愛的是凪沙這個人，還跟她一起來東京。

然而，歲月的流轉改變了他們的關係。

同居生活免不了心態或情緒的摩擦，逐漸產生光靠努力也無法彌補的鴻溝，當他們在東京生活進入第三年時，兩人的關係也終於走到了盡頭。

三天前。久違地接到孝介打來的電話，兩人見了一面，孝介說他要結婚了。

凪沙還以為是與同性的事實婚＊，沒想到並不是。

＊非正式婚姻的一種形態，無須到戶政機關登記，但雙方都有成為夫妻的認知，以夫妻形式經營婚姻共同生活。

「我要跟女人結婚。」

孝介說。意料之外的答案擾亂凪沙的情緒。她記得孝介應該不是雙性戀。

「我想要小孩。」

這大概是他在心裡反覆思量之後的答案。孝介平靜地接著說：

「剛好我遇見了願意理解這一點的人，所以我要跟她結婚。」

還說他們目前正在努力生小孩。

三天前，從孝介口中得知此事時，她雖然感到失落，但是並沒有哭泣，如今淚水卻從凪沙眼中不停滑落。

想到孝介，不由得心亂如麻。越是不想繼續思考，越是無法不去思考。而且思考的對象與其說是孝介，不如說是孩子。凪沙一次又一次地想起孝介那句「我想要孩子」的話。

注射荷爾蒙的副作用在這種感傷的日子特別明顯。

凪沙腳步虛浮地走在新宿街頭，看在不知情的路人眼中，大概只會覺得她是喝醉的酒鬼。

凪沙哭得不能自已，歪七扭八地在路上蛇行。

好想吐。

一個重心不穩，撞上一對中年情侶，狠狠地摔倒在路邊。

「走路看路！你這個醉鬼！」

男人撂下一句狠話，揚長而去。

被淚水濡溼的臉頰貼著柏油路面，異常冰冷，連爬起來的力氣也沒有。眼角餘光瞥見散落在馬路上的菸蒂，覺得自己也沒比菸蒂好到哪裡去。心想這輩子就這樣了，淚水再度奪眶而出。

◆

一果回到凪沙的住處，攤開琳給她的芭蕾舞衣。

雖然是舊衣服，但因為琳的母親一直買最新設計的舞衣給她，所以這些幾乎跟沒穿過的新衣服一樣。看在一果眼中，琳母親的品味有點太張揚了，然而光是輪流看著這三件舞衣，想像下次上課要穿哪一件去，內心便雀躍不已。

聽見鑰匙在鎖孔裡轉動的聲音，一果連忙將舞衣塞回紙袋。

凪沙比平常更粗魯地大步走進屋裡，悶著頭一路衝向廚房的流理台。

「閃開！」

凪沙用力推開一果，把臉埋進流理台，一口氣吐了出來。
她喝醉了嗎？
一果在廣島也看過母親喝醉的德性。如今又看到凪沙這樣，讓她很疑惑大人為什麼要喝酒。
凪沙吐完一輪後，將水龍頭開到最大，也不管水噴得到處都是，用杯子接住如瀑布般奔流的水。
拿著杯子，頭也不回地走到自己床邊。
一果基於和母親生活的習慣，屏住呼吸，觀察凪沙的反應。或許是感受到她的視線，凪沙扯著嗓門大吼：「看什麼看！」
凪沙從皮包裡拿出類似藥片之類的東西，放入口中，就著杯子裡的水吞下。
以為她會就此安靜下來，沒想到凪沙隨即像個孩子似地開始啜泣。
一果目不轉睛地盯著凪沙，感覺她喝醉的樣子跟母親完全不一樣。
「轉過去，別看我。」
凪沙淚流滿面，有氣無力地命令一果。
「……我哭一哭就好了。」
還以為凪沙是個強勢的人，冷不防又流露出脆弱的一面，彷彿心裡同時住著好幾個人格。

「……我很可怕嗎？很噁心嗎？像妳這種人一輩子都不會明白。好想吐……」

凪沙蹲在地上，縮成一團。

「為什麼……為什麼只有我……為什麼只有我要受這種罪……為什麼？」

一果凝視號啕大哭的凪沙，她確實不明白凪沙為何要哭得如此肝腸寸斷。或許她一輩子也不會明白。但一果至少明白凪沙無法順利融入成人的世界。

凪沙的行動完全無法預測，還以為她至少要哭上三十分鐘，突然間又開始餵起金魚來。

一果直勾勾地盯著凪沙邊哼著最喜歡的歌〈追憶〉，邊餵金魚的背影。街道的燈光落在金魚身上，反射出淡淡的光暈。看著凪沙的背影與自由泅泳的金魚，一果突然一陣鼻酸。

躡手躡腳地走出房間，獨自走向附近的公園。她已經確認過公園有單槓。

一果回想實花教的動作，舞動手腳。

即使活動身體，仍無法停止思緒。

凪沙為什麼會哭成那樣？

母親為什麼會哭成那樣？

儘管想破頭也想不出個所以然來，一果仍繼續思考，把腿抬到極限的高度。

◆

被副作用折磨得死去活來的一星期都還沒過完，凪沙又去診所注射荷爾蒙。

只要身為女人一天，就無法擺脫這種折磨。

只能把注射荷爾蒙視為生活的一部分，與副作用和平共處，然而直到現在還無法習慣的自己也讓凪沙感到束手無策。

幸好在診所前與瑞貴不期而遇，心情稍微放晴了點。

「哎呀，凪沙，真巧。」

「真難得，居然會在這裡遇到妳。」

瑞貴也來注射荷爾蒙。兩人約好打完後在診所前碰頭，一起去喝茶。

「醫生是不是又要妳快點動手術？」

走出診所，才剛在咖啡廳坐下，瑞貴就切入正題。

「對呀，最近真的動不動就提起這件事。」

「妳不會在日本動手術吧？」

「不會，我想去那邊做。」
那邊指的是泰國。
泰國是全世界性別重置手術（ＳＲＳ）最先進的國家。手術成功與否，最重要的莫過於臨床病例的數量。日本之所以比較沒有地方可以動性別重置手術，主要也是因為缺少研究案例。
「妳準備得如何？」
「準備什麼？」
「當然是錢啊，我還差很多。」
瑞貴露出洩氣的表情說。
瑞貴兩年前開始跟拍廣告的中小企業老闆交往。那家公司剛成立時也算是做得風生水起，可惜後來因為大型廣告公司加入戰局，陷入苦戰。
最近生活的重擔幾乎都落在瑞貴肩上，根本沒有餘力可以存錢。
「所以上次跟妳借的錢請再給我一點時間。」
瑞貴雙手合十，請求凪沙。
瑞貴最近向她借錢的次數確實比從前多了不少，但瑞貴都會在期限內還錢。而且凪沙相信瑞貴，所以每次瑞貴向她借錢，凪沙都會想辦法籌來借給她。

「沒關係，妳有錢再還我就好了。」

「大恩大德，感激不盡。」

瑞貴不好意思地垂眉。看到瑞貴的模樣，凪沙忍不住脫口而出：「其實我也好不到哪裡去。」

瑞貴聞言，探出身子問她：「妳的手頭也很緊嗎？」

「對呀，存款越來越少。」

不管怎樣，至少得存到五百萬才行。凪沙也聽說過有人不顧一切借錢動手術，變成女人以後過得很落魄的傳聞。就是不想變成那樣，她才努力存錢，可是到底要存到什麼時候呢？當她還在為錢奔波的時候，年華已經不等人地一年年逝去。

如果自己的性格再衝動一點，或許早已不管三七二十一，飛去泰國動手術了。偏偏凪沙是那種無法對現實高牆視而不見的個性，瑞貴也是。

為了面對現實，無論如何都無法迅速地做出判斷、付諸實行。

她們最終的目的是要變成法律認可的女人。儘管日本已經是非常先進的國家，這依然不是個簡單的問題。

凪沙與瑞貴為此查遍坊間的資料，還曾吃驚地發現從事特種行業的第三性同伴中，有些人對法律一點概念也沒有。

有一條名稱又臭又長的法律是《性別認同障礙者性別處理特別法》。簡稱《性別認同障礙特例法》，日本政府針對想從男人變成女人的情況制定了各式各樣的條件。

根據這條特例法——儘管凪沙不能理解為什麼自己一定要被當成特例——想要變成女人，必須符合年滿二十歲、未婚、沒有未成年子女、處於沒有生殖器或生殖器的功能永久缺損的狀態、生殖器的外觀與另一種性別的生殖器外觀近似、且經由兩位以上的醫師診斷為性別認同障礙者等條件。

為了變成合法的女人也必須接受性別重置手術。

「說來可笑，我們又沒有殘疾，卻被視為障礙者。」

每次討論到法律的問題，瑞貴總是嘆著氣說出這句話。

為了成為那條名稱又臭又長的法律所認同的女人，凪沙和瑞貴必須去泰國動手術，為了得到診斷書，還不能得罪牛郎般的醫生。

「等這一切全部結束，變成女人以後，妳想做什麼？」

瑞貴沒頭沒腦地問凪沙。

或許是因為荷爾蒙的副作用，瑞貴今天比平常健談。凪沙的狀態也比前幾天好很多，看樣子彼此的副作用都往「躁」的方向發展。

「問別人問題以前，自己先說是禮貌吧。」

「說的也是，我想要小孩。」

「小孩？」

「嗯。」

妳又生不出來——這種話凪沙打死也說不出口。

因為瑞貴心裡比誰都清楚。

我們或許能藉由醫學的力量變成女人，但絕對無法成為母親……

如果說凪沙內心完全沒有想成為母親的想法是騙人的。那是長久以來，一直埋藏在內心深處的渴望。

「妳呢？」

「我嗎……我想去海邊。」

「又是海邊。」

瑞貴不耐煩地說。瑞貴希望凪沙說她也想當母親、也想要孩子。希望凪沙與她同病相憐。希望唯有此刻能暫時忘掉夢想絕對不可能實現的現實，與凪沙一起做場短暫而美好的夢。

凪沙怎麼可能不懂她的心情，但就算懂，凪沙也無法輕易說出她想聽的話。

而且「想去海邊」也是她千真萬確的夢想。

「嗯。一定要是藍色的海，不能是東京那種要藍不藍、要黑不黑的海。沙灘也一定要是白色的沙灘。我想跟心愛的人在沙灘上散步，仰望太陽。」

「還心愛的人咧，妳連男朋友都沒有不是嗎。」

瑞貴不給面子地反脣相譏。凪沙笑著回嘴：「少囉嗦。」

「妳沒聽過思考就能致富嗎？」

「哇！妳居然知道那本書。」

瑞貴也看過那本拿破崙・希爾寫的自我啟發暢銷書，貌似有些懷念地苦笑。

「找工作的時候看過。要是光靠思考就能變成女人的身體，那可就輕鬆了。區區的男朋友，只要我願意，一定交得到。」

「太天真了，凪沙，妳太天真了。」

瑞貴搖了搖食指。

「怎麼了？妳今天特別有攻擊性耶。」

凪沙莞爾一笑。但瑞貴是認真的。

「現在這個時代，就連長相還過得去的女人都交不到男朋友了，像我們這種人，哪有這麼容易交到男朋友。」

在那之後，凪沙被迫聽瑞貴發表了一大堆對男人的高見。

瑞貴既美又知性，但是就凪沙所知，唯獨愛情是她的罩門。她很容易一頭熱地栽進愛河，盲目的程度令凪沙為之咋舌。

凪沙則更現實一點。

與剛出社會時交往的孝介分手後，她也交過兩個男朋友。一個是開了家小燒烤店的老闆，另一個是從女人變成男人的人。

與燒烤店老闆的關係還沒深入到愛情那一步。當時凪沙剛開始在夜店工作，內心充滿了孤獨和不安，便與當時有好感的客人交往。結果發現那男人對她只是玩玩而已，便果斷地與對方分手。

與另一個男朋友的愛情則是刻骨銘心的苦戀。

因為深切地理解彼此的心情，感覺特別有默契。

凪沙也曾經想過，有一天或許會和這個人結婚，但終究無法如願。太有默契不完全是一件好事。正因為彼此都是天涯淪落人，可以比任何人都了解對方；但也因為同為天涯淪落人，無論如何也得不到對方的理解時就格外痛苦。

「瑞貴，妳一定要幸福喔。」

凪沙下定決心，先動手術再交男朋友。可是歲月不饒人，對於愛情，她其實已經處於半放棄的狀態。

「嗯，凪沙也是……」

瑞貴流著淚說。

在咖啡廳展開的辯論大會最後以抱頭痛哭、互相安慰畫下句點。都怪荷爾蒙的副作用。

與瑞貴分開後，凪沙一個人漫無目的地走著。頭昏腦脹，還有些盜汗，不過今天的狀況還不算太糟。

踩著蹣跚的腳步走走停停，無意間聽見女人高八度的叫聲。

「你不是答應過我，時間到了就不玩了，要馬上回家嗎？你有在聽嗎？真是的，為什麼總是說話不算話呢？」

約莫十公尺外，有個年輕媽媽穿著樸素而不失整潔的衣服，正在責罵眼前縮成一團的兒子。

看樣子是兒子光顧著踢足球，忘了母親交代的時間。男孩腳邊有一顆看起來無地自容的足球。

「媽媽不管你了，你聽見了嗎？」

母親歇斯底里地提高音量，小孩只是低頭不語。

「媽媽真的不管你了。媽媽要回去了。」
母親對一聲不吭的兒子失去耐性，獨自踩著大步走開了。
凪沙滿頭大汗，默默看著被留在原地的小孩。
想起瑞貴在咖啡廳說的話。
「我想要小孩。」
被母親拋下的男孩抹眼淚的手小得令人心疼，看得凪沙心臟揪成一團。男孩無助的樣子一口氣喚醒凪沙封印在內心深處的情感。
好想抱抱他。
「我也想要小孩。」
凪沙在心裡對瑞貴說出這句剛才無論如何都說不出口的真心話。
男孩注意到凪沙，目不轉睛地盯著她看。
凪沙慢慢地走向他，撿起足球，蹲下來，遞給男孩。
男孩也不接過足球，只是一臉不可思議地盯著凪沙。
凪沙與男孩無言的交流持續了好一會兒，男孩突然伸手接過足球，一邊喊著「媽媽——」追上母親。
凪沙目送他離去的背影，心裡千頭萬緒。

他父親是什麼樣的人？
他的功課好嗎？
足球踢得有多好？將來或許能成為足以代表日本的足球選手。或許會愛上男人，也或許會變成女人。
凪沙佇立在原地，任由妄想無邊無際地馳騁，唯獨無法想像自己變成男孩的母親。她告訴自己，那是因為她已經見過他母親了。明明妄想再怎麼天馬行空都無所謂，自己卻連在妄想中也無法成為母親，凪沙不禁對自己的笨拙報以苦笑。

◆

「是不是很誇張，可是又蠢爆了。」
琳指著秋葉原，語氣冷淡地說。
無須贅言，秋葉原是日本首屈一指的御宅族聖地，知名度傳遍全世界。一果跟著琳走出秋葉原車站，走向萬世橋。
大街小巷擠滿了穿著奇裝異服在拉客的人，其中又以扮成女僕的人最多。
「廣島沒有這種地方吧？」

琳問一果。一果側著頭，雙眼發直地打量女僕。她不太能分辨拉客的女僕與拉客的酒家女有什麼不同。

在故鄉，母親早織上班的鬧區裡，有很多店家都是陪酒小姐直接在外面拉客。

「那些人是陪酒小姐嗎？」

一果問琳。

「看也知道是女僕吧，跟陪酒小姐不一樣喔。」

「她們要做什麼？」

「在店裡送餐、陪客人聊天。」

「那還不是一樣。」

結果她還是搞不懂女僕與酒家女的差別。

「妳都不看卡通嗎？」

琳邊走邊問。一果惜字如金地回答：

「不看。」

「電視呢？」

「不看。」

「網路上的影片呢？」

「不看。」

「那妳都看什麼？」

「什麼也不看。」

一果的回答逗得琳哈哈大笑。

兩人邊聊邊穿過大馬路，轉進巷子裡的住商混合大樓。推開寫著「愛的園地」的門，狹窄的空間被黑壓壓的人潮擠得水洩不通。男人全都拿著單眼相機，正在為女孩子拍照。

「很驚人吧。」

「他們在做什麼？」

「開攝影會。」

這次就連一果也覺得嘆為觀止。廣島可沒有這種地方，不，或許有，但至少一果沒看過，也沒有看過女僕的印象。

房裡分成五個簡單的包廂。

每個包廂都擺放著沙發和床、以及一位正擺出各種姿勢的模特兒。有的姿勢由客人指定，也有些女生看來經驗老道，自動自發地變換姿勢。其中也有人刻意強調胸部或屁股，以撩人的姿勢吸引客人。

模特兒的穿著有如百花齊放，但大部分都是泳裝，其中也有制服及少數只穿內衣的模特兒。

「計時四十秒，開始！」

模特兒們各自拿著碼表，每個客人有四十秒的時間可以為模特兒拍照。有人善用這四十秒的時間，一股腦地猛按快門，也有人拚命跟模特兒聊天。

琳有時候會利用週末假日來這裡打工。

她謊稱自己是高中生，但工作人員和客人都隱約猜到琳是國中生，只是心照不宣，也就是所謂的遊走於灰色地帶。

俏麗的琳在「愛的園地」眾模特兒中也顯得鶴立雞群，擁有大批的支持者，光靠便服就足以吸引客人，所以她不穿泳裝。

不只長相，琳冷若冰霜的態度也大受好評。她很聰明，能隨機應變化身成大人喜歡的少女。

「我今天帶了朋友來。」

琳把一果介紹給自己的老主顧。

「好可愛啊，可以請她穿泳裝嗎？」

「當然不可以啊！」

琳以粗魯的口氣回答，搥了客人的手臂一拳，客人看似受寵若驚。

在那之後，琳都用帶著男子氣概的粗魯口吻接待客人。一果不知道她是有意為之，還是本性如此。

「好了好了，排成一排。」

琳開始指揮想為獻出模特兒處女秀的一果拍照而聚集過來的男客們。

「好了，每個人四十秒喔！」

在琳的指導下，一果就這樣開始打工。

攝影會結束後，當天就可以領到打工的酬勞。

琳拿到兩萬五千圓，一果也有一萬圓。

在這裡，只要短短的時間就能賺到正常的國中生打工絕對賺不到的錢。看著有生以來第一張屬於自己的萬圓鈔票，一果不由得有些興奮。

店裡還有客人，琳與一果用最短的時間打發他們，一起去琳常去的咖啡館。

咖啡館裡有各種口味的聖代。這是一果第一次吃聖代。

吃下一口，嘴角不由得泛出笑意。琳撐著下巴，眉開眼笑地觀察一果的反應。

「這麼一來就能繼續跳芭蕾舞了。」

琳吃著聖代說。

「嗯，可是為什麼？」

「什麼為什麼？」

「妳們家那麼有錢，為什麼還要打工？」

「沒為什麼。」

這句話的語氣不屑一顧，有點像她形容父親是「不重要的人」時的口吻。

「妳不覺得那些人很噁心嗎？」

「會嗎？是有點噁心，可是看在錢的分上，倒也還好。」

「是嗎。」

一果兩三下就嗑光一杯聖代，幾乎與她同時吃完聖代的琳惡作劇地笑著說：

「要不要再點一杯？」

「好啊。」

結果她們各吃了三杯，加起來總共六杯的聖代。甚至還約好從下星期開始，每次收工後都要一起吃掉六杯聖代。幸好一果和琳都是怎麼吃也不會胖的體質。

想到有聖代可以吃，一果開始期待打工的日子。

自從開始打工，一果不用告訴凪沙也可以繼續跳芭蕾舞了。

她的舞蹈技巧越來越純熟，進步的速度就連實花老師也驚訝。

光是芭蕾舞教室的訓練還不夠，一果每天早上上學前都會先在住處的走廊上練習，中午在學校的屋頂上練習，放學後繼續在教室或公園裡練習。一果的時間幾乎都花在芭蕾上。

◆

一果住進凪沙家已經過了兩個月。

凪沙收留一果的養育費也終於在兩週前匯入她的戶頭。

看在錢的分上收留親戚的女兒，她也覺得自己的動機很惡劣，但還是很高興能有一大筆錢進帳。為了變成女人，她需要資金，為此不惜任何代價。

因為上班的時間與正常人的作息不同，凪沙幾乎沒機會與一果打照面，但是一到假日，洗澡或吃飯的時間自然會重疊到。洗澡當然還是凪沙先洗，不過凪沙做飯的時候也會順便準備一果的份。

一果還是老樣子，非必要絕不開口，聽見她聲音的次數用一隻手就能數完了。連「我要開動了」、「我吃飽了」都不會說的一果固然令凪沙火冒三丈，但她告訴自己，一果有沒有家教都不關她的事，便默默地吃飯。想也知道，一果當然也不會說好不好吃，不過從她把飯菜吃光光來看，顯然也不是難以下嚥。

凪沙不喜歡一果。

這點從她初來乍到的時候，直到現在都沒有變過。

不同於剛來東京時，一果最近變得乾淨整潔多了，應該是受到新朋友的影響。陰沉是她給人的第一印象，但是仔細端詳，她的五官比想像中清秀許多。畢竟，她母親早織也是親戚口中的大美人。

一果的手腳很修長，雖然只有國中一年級，卻有一副模特兒的體型，看到剛洗好澡的一果，凪沙甚至產生過羨慕的心情。

凪沙也欣賞美麗的事物。單從親戚的角度來看，她其實也覺得一果很可愛，但她就是不喜歡一果。

凪沙自己也不清楚到底不喜歡她什麼，是她那坦率到令人無所遁形的視線？還是幾乎沒聽過，卻彷彿縈繞在耳邊的聲音？又或者是可憐兮兮的氣質呢？

或許自己只是被第一印象局限住了。突然要收留親戚的女兒，在心不甘、情不願的情況下對她做出太主觀的評價也說不定。

事實上，凪沙不得不承認，光靠目前的印象，足以判斷一果的線索還太少。雖說幾乎沒打到照面，自己還是太不了解她了。

「學校生活開心嗎？」

有一天，凪沙的心情特別好，在餐桌上問一果。

一果只是定定地看著她。凪沙無從得知一果其實是想起琳的父母，想起那些人是如何圍著學校的話題打轉，反覆說著言不及義的話。

「……嗯。」

還以為應該等不到答案的時候，一果回答了，但也僅止於此。凪沙原本還不錯的心情早已消失得無影無蹤，再也沒有力氣去嘗試明知只是徒勞的努力。

兩人的關係尚未開始，就畫下永遠的句號。

從此以後，凪沙不再嘗試與一果交流。

反正再過不久，這段同居生活就會結束，一果遲早要回廣島。

凪沙事不關己地想到這裡，上床睡覺。

◆

幾個月過去。起初聽說只要在東京待三個月，廣島那邊卻遲遲沒有下文。一果對這種情況倒是求之不得，天曉得回廣島還能不能繼續跳芭蕾。她想繼續跳芭蕾舞，多一天算一天。

幾個月下來，一果的芭蕾程度已經追上琳。或許是姬蘭老師為她打下的基礎一口氣開花結果了。

看到一果利用午休時間在屋頂上練習的模樣，琳清清楚楚地意識到這一點。

無論是手腳的伸展度、旋轉的穩定度、腰的位置都跟以前判若兩人。

「一果，妳進步好多。」

一果微笑，看起來似乎很開心的樣子。一果最近連表情都變多了。或許只是因為相處的時間比較長，學會解讀一果的表情，但確實比以前有更多的機會看到一果臉上稍縱即逝的笑意。

一果默默地繼續基礎練習。如果是以前的琳，看到別人在練習，肯定要跟著加倍練習才罷休。現在也不曉得為什麼，完全提不起勁來練習。

今天琳也沒興致跟一果一起練習，開始抽起她最近剛學會的香菸。

「妳不參加比賽嗎？」

「不吧。」

一果含糊其詞地回答。

一果最近對芭蕾舞的世界也有了粗淺的認識。

日本跳芭蕾舞的人口在全世界可以排上前幾名，有很多芭蕾教室，實花老師的教室也是其中之一，這些教室絕大多數都是靠教小朋友練舞維生。

將來要成為什麼樣的芭蕾舞者，幾乎從小就要決定，等到長大以後再考慮就太遲了。所以能不能早點找到優秀的老師開始學舞、儘量多參加幾場國內比賽，取得好成績就顯得格外重要。

只要克服重重的難關，就能得到出國留學的機會。

凡事都要一步一腳印地闖出成績，芭蕾也不例外。

「實花老師好像打算派一果參加比賽。」

這個耳語在教室中已經傳開了。從沒聽過才來芭蕾教室上幾個月的課就能參加比賽的前例，可是看到一果如今無人可敵的實力，其他學生也只能甘拜下風。

實花明顯對一果另眼相看，對她的鞭策、要求她完成的練習量是其他學生的好幾倍，也難怪一果進步神速。但是沒有人怪老師偏心，因為芭蕾舞是實力至上的世界。

「妳要參加比賽嗎？」

琳又問了一遍，一果依舊答不上來。

一果也感覺得到實花老師對自己的期待，但她只能假裝沒發現，岔開話題。

她不敢描繪出國留學或成為芭蕾舞者這種遙遠未來的夢想，畢竟她連幾個月後還能不能繼續跳芭蕾舞都沒把握。

「如果妳要參加比賽，跟我一起跳《百萬小丑變奏曲》吧，衣服非常可愛喔。」

《百萬小丑變奏曲》是深受中小學生喜愛的表演曲目。

「我沒有要參加啦。」

一果只能這麼說。大概、肯定、無法參加。這麼美好的時光不可能一直持續下去。

「我只是假設。」

琳邊說邊靠過來，執起一果的手。距離還是那麼靠近。當琳把臉湊上來，還能聞到淡淡的菸草味。

「來跳舞吧。」

琳提議，伸手環住一果的腰，似乎打算跳華爾滋之類的舞。

琳哼著不知名的旋律，翩然起舞。琳踩著男方的舞步，有模有樣地帶領一果。

「認真點。」

既然她都這麼說了，原本懶得附和的一果也亦步亦趨地開始模仿琳的舞步。

兩人踩著生澀的舞步，在沒有其他人的屋頂上轉圈圈，一圈又一圈。

和琳在一起，一果很快樂。

她這輩子沒交過朋友，所以無從比較，但仍感覺琳在她心中是特別的存在。

「好開心吶！」
琳引領著一果說。
「嗯。」
一果笑著點頭。
最後琳模仿男方的角色，單腳跪下，像是對公主擺出畢恭畢敬的姿勢。
琳以單膝跪地、抬頭仰望一果的角度，目光堅定地說：「我不會輸的。」
「什麼？」
「只有芭蕾，我不想輸。」
琳以懾人的目光直盯著一果看。
「一果是我最好的朋友，也是我最大的敵人。」
琳輕盈地站起來，轉身背對一果，回教室去了。

我不會輸的。
琳在屋頂上說的這句話，當天就隨風而逝，沒有留下半點痕跡。
琳與往常一樣，跟一果一起去芭蕾教室，咬著牙凝視一果的舞姿。
說不想輸的時候，以為她們至少還是對等的，可是等到反應過來，自己已經輸了……從小練舞的琳很清楚，那是自己再怎麼努力都無法拉近的差距。

或許是受到一果的努力與實花老師的緊迫盯人影響，芭蕾舞教室籠罩在前所未有的狂熱氣氛裡。

琳在這樣的氣氛下開始練習困難的大跳躍。要從舞蹈教室的這頭跳到那頭，還得跳得又高又遠，是很吃力的練習。

「跳遠一點！跳高一點！再高一點！」

伴隨著實花的吆喝聲，學生們依序跳躍。

不只體力，就連最後一絲力氣都要擠出來跳到最後一刻，超越極限。學生們上氣不接下氣地陸續停下腳步，幾乎要倒在地上。

就連實力超群的琳也撐不住，蹲了下來，開始按摩小腿。幾個月前受傷的腳再也承受不了這麼劇烈的運動。

敗下陣來的學生們看著唯一還在場上的一果與實花老師的互動。

「實花老師現在眼中只有一果。」

琳身旁的同學氣喘如牛地在她耳邊低語，一臉快要哭出來的表情。

琳也好想哭。

「一果！我不是說那樣不行嗎！再高一點！直到跳不動為止！」

一果也為了回應實花的怒吼，一次又一次地跳躍。她的體力應該已經用盡了才對，但一果似乎真的打算跳到跳不動為止。

一果揮汗如雨、拚命跳躍的模樣，看起來不只美麗，而且神聖。

除了一果，實花再也看不到其他人的身影。

其他氣息奄奄的小芭蕾舞者就像是從實花夢裡的世界遭到放逐的小動物。

「一果。」

練習結束後，琳走到正在換衣服的一果旁邊坐下。

「什麼事？」

「明天的打工，妳接『個攝』吧。」

「個攝？」

「沒錯。」

個攝是「愛的園地」提供的個人拍攝服務。

在獨立的攝影棚裡進行一對一的拍攝，同時也會跟客人收取好幾倍的費用，打工的報酬自然也就跟著水漲船高。

「我是想說比賽很花錢，多賺一點打工費比較好。」

琳知道一果其實想參加比賽。

不可能不想參加。

琳很清楚所有想更上一層樓的芭蕾舞者都渴望舞台。琳的母親以前也是這樣的舞者，可惜實力和運氣都不怎麼樣，所以才把夢想寄託在女兒身上。

但凡曾經踏進芭蕾世界的人都懂這種心情。

無論是誰，一定想在更大的舞台上跳舞。想爬得更高、跳得更高。就像大跳躍一樣，誰也無法壓抑這股衝動。只要是曾經站上舞台的人都背負著這樣的命運。

琳想推一果一把。

雖然用力的程度可能會害她狠狠地摔一跤也說不定。

下個週末，一果接受琳的建議，站在個人拍攝的攝影棚裡。

她想不通琳為什麼會突然推薦她接下個人拍攝的工作，但她確實需要更多錢。如果要參加比賽，除了報名費，還要租衣服等等，開支比想像中還多。一果心中的天平已經往參賽的方向傾斜。

「妳好。」

付了比平常多好幾倍的費用，走進攝影棚的中年男子自稱佐藤。

從他身上的氣質不難發現他是這種攝影會的常客。

佐藤悶不吭聲地舉起高級相機，開始猛按快門：「我要拍了喔。」
「妳長得好可愛啊。手再舉高一點，沒錯，就是這樣。下次我買禮物給妳吧，妳想要什麼？」
「不用了。」
一果面無表情地回答。
起初怕得想要逃跑，最近已經慢慢習慣客人說這種話了。
這是工作。
只要看在錢的分上，隨便應付一下就行了。
「妳可以只穿內衣嗎？我可以額外付錢。」
這傢伙有病嗎。
一果覺得他好噁心。佐藤立刻用鏡頭捕捉她微微皺眉的表情。
「不可以。」
一果看著計時器回答。
不同於一般拍攝只有四十秒，個人拍攝長達四十分鐘。現在才剛開始。
「為什麼？」
佐藤一臉不解地打開錢包，掏出鈔票。

「妳瞧，我可以多給一點。」

一果後退，佐藤往前跨出一步。

「要不然改穿泳裝也可以。求求妳嘛，我連泳裝都帶來了。」

佐藤拿出泳裝來給她看。那是一件非常小的黃色比基尼。一果忍不住後退，佐藤則步步進逼。當一果退到無路可退，感覺被逼入絕境時，回過神來，她已經舉起旁邊的椅子，扔向佐藤了。

椅子擊中佐藤的側臉，發出震天價響的聲音，砸在地上。

佐藤嚇得一屁股跌坐在地，手裡還拿著泳衣，朝她爬過來。

一果吸氣，扯著嗓子大聲尖叫。

凪沙搭計程車趕往秋葉原。

剛才接到警察的電話。

「請問是武田健二先生嗎？」

好久沒聽到自己的本名了，凪沙一下子反應不過來，支吾了半天，警察告訴她一果出事了，要她去秋葉原的萬世橋警察局一趟。

一果怎麼會在秋葉原？

又為什麼會在警察局？

凪沙滿頭問號。

抵達警察局，凪沙付了三千圓下車。一面在腦子裡換算這筆計程車資相當於三個紅包錢，一面慌張地衝進警察局。

女警帶她到一個房間裡，裡面是一果和兩個她沒見過的女人。

年紀較輕的少女叫琳，和一果是同一所學校的學生。凪沙還以為年紀較長的女人是少女的母親，但她自稱實花，是芭蕾舞教室的老師。

「這是怎麼回事？」

凪沙朝比平常更面無表情的一果破口大罵。

「妳到底在搞什麼鬼！」

「事情是這樣的……」

實花挺身而出，正準備解釋時，琳打斷她：

「是我不好。」

凪沙轉頭看琳。感覺琳是個長相清秀、又有點小聰明的孩子，這反而讓凪沙感到不安。

「一果需要錢跳芭蕾舞……」

「芭蕾舞？怎麼回事？妳們在說什麼？」

即使向她說明原因，她依舊理不清彼此間的因果關係，她需要知道造成那個原因的原因。

「您不知道一果在芭蕾教室上課嗎？」

實花貌似很驚訝地說。凪沙覺得自己才是該驚訝的人。

「咦？什麼？芭蕾教室？我怎麼可能知道。」

凪沙感到莫名其妙。警官看不下去，插嘴說：

「那個，不好意思，請問您是櫻田一果的家人嗎？」

「是又怎樣……到底是怎麼回事？妳不要悶不吭聲，給我說清楚。」

「您冷靜一點，其實是一果同學打的工有點問題，所以被警方帶回來了。」

「打的工有問題……？」

「可以請您冷靜地聽我說嗎？」

後來發生的事，凪沙幾乎都不記得了。

因為接收了太多她渾然未知的訊息，腦筋的轉速根本跟不上。

不僅如此，在少女們接受警方偵訊的時候，有個自稱是琳母親的女人加入戰局，開始呼天搶地、亂喊一通，也讓凪沙越發混亂。

「我們家有幾十個律師！」惱羞成怒的母親完全不接受女兒的打工有問題，堅持這一切都是一果的錯。

「一定是一果帶壞她的。小琳才不可能做那種事，再說了，我們每個月都給她充足的零用錢，小琳根本不缺錢。想也知道是朋友需要錢，小琳才好心幫忙，不信妳問問她。一定是那孩子煽動我們家小琳去打工。」

「媽媽，不是這樣的。」

琳拚命想解釋，卻只換來母親的怒斥：「妳給我閉嘴！」繼續以巨大音量鬼吼鬼叫，讓早已陷入混亂的凪沙頭痛欲裂。

「警察先生，我們家孩子心地善良，又有才華，我遲早會送她出國深造，所以絕不能留下案底。」

還說她朋友是法務大臣，就連警察也拿琳的母親束手無策。

「琳的媽媽，妳別這麼激動。令嬡已經在反省了，而且讓未成年少女打工的店家也有問題。」

荒謬的是原本負責問案的警察居然還得拚命安撫琳的母親。

凪沙好不容易從警察局脫身，已經是三個小時後的事了。

那家店的老闆還在接受警方偵訊，警方告訴她們等這件事立案時，可能還需要她們再過來一趟。

「對不起，勞煩二位跑這一趟。這次的事都是因為我的疏忽，真的非常抱歉。」

一步出警察局，實花就向凪沙和琳的母親道歉。

「我剛才也說過，我打算送琳出國深造，其實沒必要再把時間浪費在國內的芭蕾舞教室，是這孩子堅持要去妳那邊上課。雖然再上也沒多久了，還請老師在這個前提下再指導她一陣子。」

琳的母親目中無人地撂下這句話，也不給琳跟一果說話的機會，不由分說地把琳塞進車子裡。

「抱歉。」

琳隔著車窗，用口形向一果再三表達歉意。

一果也對疾駛而去的車窗點了好幾下頭。

當車子駛出視線範圍，實花再次向凪沙賠不是。

「事情變成這樣，我真的難辭其咎。還以為一果已經取得家長的同意……」

畢竟是芭蕾舞教室的老師，實花不僅身材姣好，而且人看起來很和善，至少不會像琳母親那樣說話。

凪沙稍微鬆了一口氣。

「我不知道她居然跑去芭蕾舞教室上課。」
「那個……請讓一果繼續學芭蕾。」
「可是這孩子只是暫時轉學來這裡，最近就要回母親身邊了。」
一果低著頭。
「而且，學芭蕾要花很多錢吧。」
「如果我說不花錢，那是在騙妳。可是一果擁有驚人的天賦，我想栽培她。」
實花熱切地低頭懇求，聽起來不像只是為了留住這個客戶。但凪沙不同意。
「可是……芭蕾是有錢人跳的玩意兒，像是剛才那個女孩。一果沒這麼好命。」
遺憾的是現實分成可以實現的夢想與無法實現的夢想。
「……不用了。」
一果喃喃自語，音量小到宛如一聲嘆息。
「妳說什麼？」
「我說不用了！」
一果發出至今聽過最大的聲音，這次還夾雜著怒氣，然後大步地自顧自往前走。
「妳給我站住！」
凪沙氣得差點沒腦溢血，下意識地追上去。實花看起來有些不知所措，但隨後也跟上。

「等一下！」

「不用妳管！」

一果頭也不回地越走越快，凪沙衝動地抓住她的手。人的忍耐是有限度的，自己明明這麼照顧她，她卻淨給自己添麻煩。沒有說過一句謝謝就算了，闖了禍連道歉都不會。

一果沉默地想要甩開凪沙的手。

「妳又不說話了？」

凪沙語帶譏嘲地問她，一果掙扎得更激烈了。

或許是跳芭蕾鍛鍊下來的成果，一果的力氣比大人還大。但凪沙也在氣頭上，緊緊地抓住一果的手臂。

「打工的事，妳一個字也沒跟我說就算了，但是以後不准再去了！」

凪沙不打算放開一果的手。她下定決心，除非一果道歉，否則她絕不放手，就像調教野馬那樣。一果也繼續掙扎，過了好一會兒，一果終於投降，放棄掙扎。儘管如此，小心起見，凪沙仍沒有放開她的手。

「與妳無關吧……」

淚水順著一果的臉龐滑落，凪沙看傻了。

做夢也沒想到一果會在她面前哭。

可是仔細想想，一果只是個十二歲的少女。

「妳可能也因為母親的問題，有很多說不出口的苦，但還是要多愛惜自己一點，別再打那種工了。」

「與妳無關吧！」

一果哭喊著，開始咬自己的手。

「妳、妳在幹什麼！別這樣！」

「與妳無關吧！」

一果的牙齒深深地陷進手臂裡，血滲出來。

「別這樣！」

「快住手！求求妳了。」

實花也加入勸阻的陣容。

凪沙抓住一果的手，硬生生地把她的手臂從她嘴邊搶救下來。為了不讓一果繼續發瘋，用力地抱緊她。

一果拚命掙扎，但也逐漸平靜下來。

一果無聲地哭泣，哭得雙肩顫抖。

「像我們這種人啊……」

凪沙也開始流淚。不知怎地，她對一果的孤獨完全能感同身受。仔細想想，一果的眼神從一開始就讓她覺得如坐針氈，但那其實是自己以前的眼神不是嗎。

已經決定不再期待任何人的孤獨孩子才會露出那種眼神。

肯定是因為每次看到一果的眼神，就像被迫面對自己內心的孤獨，才會感到有如芒刺在背。

「像我們這種人，這輩子只能靠自己一個人活下去……所以一定要變得堅強才行……」

儘管一果依舊一言不發，但凪沙感覺得出來，她有點聽進去自己說的話了。少女靠在凪沙胸前，默默哭泣。

實花也在一旁抹眼淚。

「一定要變得堅強……」

凪沙溫柔地擁抱一果。

弱者很慘。

所以凪沙這輩子都在努力變強。

被母親拋棄的一果也只能變得堅強……

必須變得堅強……

◆

被叫去警察局那天，也是凪沙要去香豌豆上班的日子。

不放心讓一果自己回家，考慮到她的精神狀態，凪沙決定帶她去香豌豆。

「好可愛！」

看到一果，女孩們無不異口同聲地表示讚美。

她們都好羨慕一果看起來一點都不像是國中生的體型，還有工整得不像是日本人的五官，都想摸摸她根本不需要上粉底的年輕肌膚。大家對美好的事物總是特別容易傾倒。

就連平常只會批評女人的媽媽桑也很激動。

「妳長得好像模特兒啊！要不要來我們店裡工作？」

「她還未成年，不對，根本還是個小孩。」

凪沙連忙阻止媽媽桑，語氣竟有幾分認真。一果才因為在不正當的場所打工被帶到警察局，可不能再讓她從事非法的打工。

「但她看起來根本不像小孩啊。原來也有這樣的小孩啊。」

媽媽桑非常佩服地說。昭和時代很少看到這種手長腳長的孩子。

至於一下子被任意地上下其手、一下子被讚美捧得天花亂墜的一果本人，還是跟平常一樣面無表情。

「媽媽不好意思，我今天不放心留她一個人在家。」

「完全沒問題，別放在心上。個子也長得好高啊。」

「對了媽媽，瑞貴今天會來上班嗎？」

凪沙往四周看了一圈，沒看見瑞貴的身影，問媽媽桑。

「唉，那傢伙又來了。」

「欸，又來了？」

「嗯。」

瑞貴的男朋友正在後門，兩人好像在討論非常嚴肅的話題。

凪沙躡手躡腳地去瞧了一眼，瑞貴對面是個西裝筆挺的男人，是她那號稱中小企業老闆的男朋友。起初來店裡找她的時候還有點畏首畏尾的樣子，如今不知是否看開了，反而變得堂堂正正起來了。

「可是你上次不是說沒問題嗎？」

「現在是個瞬息萬變的時代……」

「你老是這樣我很擔心耶，而且還跑來我上班的地方。」

「明天就要了，只有一點點也沒關係。」

相較於瑞貴苦澀的語氣，她男朋友的口吻輕佻多了。凪沙刻意清了清喉嚨。瑞貴發現凪沙來了，勉強自己擠出笑容。

「瑞貴，沒事吧？」

「早啊凪沙。啊，妳來得正好。」

瑞貴抓住凪沙的手，帶她到沒人的走廊上。

「其實，我有個請求……」

「要借錢嗎？」

「不好意思，我一定會還妳。」

「好的，沒問題。」

凪沙捨不得瑞貴露出那麼辛酸的表情。

但她頂多也只能狠狠地瞪一眼那個站得老遠、一臉事不關己、袖手旁觀的男人。

「他的公司怎樣了？一直跟妳要錢……也太不對勁了。」

「嗯……撐得很辛苦，不過他說這次只是出了點狀況，很快就能恢復正常。」

「我不想多管閒事……可是他真的沒問題嗎？」

「他願意接受這樣的我，在我面前毫無保留……所以我想成為他的後盾。」

瑞貴一向主張像她們這種女人，基本上遇不到願意對自己毫無保留的男人。

凪沙不是不能理解，問題是最近瑞貴臉上完全失去了笑容。

凪沙硬生生把這句話吞回肚子裡，又瞪了那個男人一眼，回到店裡。

壞事一旦發生，就會接二連三地發生。

開門營業後，常客就惹了麻煩。

屋漏偏逢連夜雨，今天的客人非常棘手。

那個男人是某家販售家具的大公司業務員，含著金湯匙出生，完全不用為錢煩惱。

如同大部分人妖秀舞廳的常客，他也是那種留連夜店，醉生夢死的人。

酒品很差，一喝醉就藉酒裝瘋，清醒之後會道歉，但下次喝醉又重蹈覆轍，如此周而復始。站在做生意的立場上，會給其他客人帶來困擾，當店裡正想將他列為拒絕往來戶時，他又帶了一大群人來光顧，點了很多酒，所以只好暫時忍下來。

男人坐在觀眾席的正中央，表演尚未開始，他已經喝得酩酊大醉，又是大叫又是大笑。

「糟透了，為什麼偏偏選在今天來呢？」

凪沙想讓一果看她跳舞。

「這也沒辦法，我們只能努力跳到最好。」

瑞貴說的對，只能全力以赴。凪沙向瑞貴等人點頭示意，與音樂一起上台，開始跳舞。可以看到一果正在觀眾席後面輕輕地打著節拍，內心感到有一陣暖流流過的瞬間，耳邊傳來足以蓋過音樂的巨大聲量。

「這是什麼鬼？根本分不清是天鵝還是鴿子嘛！」

是那個常客。男人指著凪沙她們，哈哈訕笑。

「你們看！鴿子在跳舞！」

「前輩，小聲一點。」

與男人一起喝酒，貌似是部下的兩個年輕人拚命阻止他發酒瘋。

「少囉嗦！我跳得還比較好。」

男人突然站起來。

「前、前輩！」

男人踩著飄忽的腳步，居然想爬上舞台。

「我跳給你們看。」

「不能爬上去啦！」

男人與兩個後輩推擠，不慎從舞台的梯子上跌落。

再怎麼努力也敵不過這傢伙的破壞，瓜沙她們的注意力已經全然潰散，跳得亂七八糟。一想到這樣的醜態被站在後面的一果盡收眼底，瓜沙覺得好不甘心。難得想讓一果見識自己的舞姿……

瓜沙放棄跳舞，瑞貴及糖果也停下腳步，已經沒有心情再跳了。

舞台下，媽媽桑正與服務生扶起那個男人。

「這位客人，你喝多了。」

「這裡不是酒店嗎！不就是給客人喝酒的地方嗎！」

「但現在是表演時間。」

即使已經鬧成這樣，媽媽桑也字斟句酌地勸說，以免掃了常客的興致。

但瓜沙已經忍無可忍。

「如果你不想看表演，就給我回去！」

瓜沙在舞台上大發雷霆。上次這麼大聲說話是什麼時候了呢。

「妳算老幾……」

喝醉的男人以渾濁的雙眼逼近瓜沙，臉上浮現侮蔑的表情，不屑地說：

「人妖沒資格命令我！」

難道我們就只能忍耐一輩子嗎？

我們到底要忍到哪一天才是盡頭……

今天，唯有今天，我真的受不了了。

回過神來，凪沙已經跳下舞台，撲向男人。

「你說什麼！別太過分了！」

「怎麼，妳想打架嗎？」

「你給我道歉！」

凪沙咄咄逼人地說，其他人也一口氣圍上來。

「說的對，向我們道歉！」

有人為凪沙幫腔、有人試圖阻止她……客人與舞者推來推去，場面一度陷入混亂。

不知道什麼時候，〈四隻天鵝〉的音樂結束，開始播放下一首表演曲目。是一首優雅的古典風舞曲。

「我們受夠你的歧視了！」

「就是說啊！」

「我說的是實話，才沒有歧視！」

以古典旋律為背景音樂，震耳欲聾的叫罵聲源源不絕。此時，不斷對凪沙口出惡言的男人突然閉上嘴巴。

「看吶……」

男人一臉茫然地指向舞台，凪沙回頭張望，其他人也一起望向舞台的方向。

一果正在舞台上跳舞。

大概是芭蕾舞吧。她的動作十分優雅、從容，彷彿從天而降的妖精或天使，就連伸直的指尖及腳尖都美極了。大家都像被施了魔法，無法從她身上移開目光。凪沙發現一果修長的手腳在舞台上反而能展現出特別的效果。

這就是所謂的天賦。

凪沙認為她們跳的天鵝已經很有模有樣了，但一果的舞蹈簡直是藝術。

更重要的是一果的笑容，看得凪沙目眩神迷。這是她第一次看到一果的笑容，與她印象中的一果根本是兩個人。

好美……

少女的舞蹈撥動了大人們的心弦。

就連藉酒裝瘋、大聲吵鬧的客人都盯著舞台看，臉上一副受到淨化般的表情。

「跳得好好……」

男人喃喃自語。

所有人的視線都集中在一果身上，一果自由自在地舞動，看起來真的好快樂。

打烊後，驚濤駭浪的一天總算落幕了。

一果搶先一步走到店外，迎著夜風坐在台階上。

她想跳芭蕾。

她不只想跳芭蕾，還想站在舞台上。

想感動觀眾的心靈。

站在香豌豆的小舞台上跳舞的感覺極為充實，與在姬蘭老師的野外教室或是在實花老師的教室裡跳舞的感覺截然不同。

這或許就是世人口中幸福的瞬間。

一果置身事外地想。長這麼大，雖然知道自己討厭什麼、不討厭什麼，但是如果問她什麼是幸福，她其實沒什麼概念。如今這種感覺或許就是幸福的感覺。在這一剎那，內心深處有股暖流流過，嘴角自然上揚。

「我先走了，一果，妳跳得很棒喔！」

先走一步的明菜和糖果笑著與一果道別。

「一果，妳一定要成為專業的芭蕾舞者喔！」

店裡也有人這麼對她說。

一果喜歡店裡那些人，認為大家都很善良。這或許是儘管活得很艱難，還是拚命堅持下去的人才有的溫柔——一果楞楞地想。

「妳在這裡啊。」

回過神來，有雙細細的腳無聲無息地出現在自己身邊。抬頭一看，是凪沙。

「會不會冷？」

一果搖頭。

凪沙站在一果面前。

階梯很陡，所以她的視線剛好平視坐在台階上的一果。

凪沙從皮包裡拿出白色的羽毛頭飾，戴在一果頭上。

「嗯，很適合妳。」

那是凪沙上台跳舞戴的天鵝頭飾。

「送給妳。」

凪沙丟下這句話，頭也不回地往前走。

樓下就是喧囂擾攘的歌舞伎町小巷。凪沙在不遠處停下腳步，回頭看一果。霓虹燈在凪沙身後忽明忽暗，讓凪沙看起來就像站在舞台上。
「一果，妳還在磨蹭什麼？快回家了。」
一果乖乖地站起來，走到凪沙身邊，開始往前走。
兩人在霓虹燈的逆光中並肩同行。
凪沙打量走在身旁的一果，一果頭上還戴著羽毛頭飾，比想像中更適合她。
「妳跳舞的時候是什麼感覺？」
一果稍微想了一下才回答：
「感覺像是飄浮在太空中。」
「妳明明沒上過太空。」
凪沙莞爾一笑。
「妳的舞是跟那個芭蕾老師學的嗎？」
「嗯。」
「那妳在教室裡也會輕飄飄的嗎？」
「嗯。」
聊著聊著，轉眼間就回到住處。
她們一路上都在聊天。如果說她們以前幾乎沒說過話，大概沒有人要相信。甚至有點遺憾，怎麼這麼快就到家了。

「今天真是漫長的一天，累死我了。」

凪沙說完，整個人筋疲力盡地倒在床上。

沒錯，真是漫長的一天。

一果也隨即進入夢鄉。

枕邊放著凪沙送給她的白色羽毛頭飾。

一果認為自己這輩子大概都不會忘記凪沙把那個戴在自己頭上時的觸感。

4

一果和琳的關係完好如初，彷彿什麼事也沒有發生過。
如果說有什麼改變，頂多只有一果得到凪沙的首肯，正式向實花老師學舞。
兩人一起在屋頂上度過中午休息時間這點也跟以前一樣。
只不過，她們不再一起跳舞了。琳總是抽著菸看一果跳舞。
一果的舞蹈水準已經遠拋下琳，去到琳可望而不可即的地方。
琳吐出一口長長的煙，看著一果，在內心開始比較。
一果很窮，自己很有錢。
一果很可愛，不過自己也很可愛。
一果有跳芭蕾舞的天分，自己也不是完全沒有。
她們有很多共通點，也有很多不同的地方。那麼家人呢……？

「一果，妳媽是什麼樣的人？」

琳趁一果休息的時候問她。一果沒好氣地回答：「不知道。」即使已經這麼要好了，當一果窮於回答的時候，還是會馬上搬出「不知道」三個字來搪塞。

「是家暴吧，她會打妳嗎？」

無論如何都想引出不同的答案，所以琳不顧一切地直說。

果然不出所料，換來一果的怒目相對，但一果看起來沒有生氣。

轉學第一天就闖下大禍，一果的流言蜚語在學校裡傳得繪聲繪影。有人說她被家暴、有人說她是流氓的女兒、有人說她是被丟在天橋下的棄嬰、還有人說她爸爸是人妖……謠言有一千種面貌。

「妳不想說也沒關係，可以不用回答。」

「我經常挨打。」

一果乾脆地承認。

「可是我媽以前很溫柔。」

「以前？」

「很久很久以前。大概到我小學三年級左右。起初也讓我學過芭蕾。」

一果說她在成為姬蘭老師的學生以前，其實還學過一小段時間的芭蕾舞。

「欸，一果上過舞蹈教室啊。」

「嗯，是鄉下的小型舞蹈教室。可是很快就因為繳不出學費來，被迫放棄了。」

一果說她看到班上的同學都在跳芭蕾舞，自己也想跳，拚命求母親讓她學。

一果很少主動要求什麼，所以早織很爽快地答應了。不過，當早織知道除了學費，還有其他很多花費之後，不到一個月就不讓一果繼續學下去——一果惜字如金地道出這段往事。

「後來才又遇到姬蘭老師嗎？」

「嗯。」

琳聽她提過一點姬蘭老師的事。

「她說她在瑞士跳過舞？那一定是騙人的。」

「我覺得是真的。」

「不不不，不可能。」

一果說姬蘭老師曾經讓她看過一張照片，照片中有個年輕貌美的東洋舞者與一群歐美人士同時入鏡。

「那肯定是用來騙人的照片。」

雖然琳這麼說，一果依然深信不疑。

「總覺得跳芭蕾舞的人沒一個幸福的。」

琳以目光追逐裊裊上升的煙圈，自言自語。

芭蕾舞的世界既殘酷又現實，並非光靠努力就能出人頭地。除了芭蕾舞者自己的長相及身材以外，甚至還得追溯到母親或祖母的外貌。

在壓倒性的威權主義下，一定要有資本支撐，毫無平等可言，與現在的時代格格不入，這就是芭蕾舞的世界。

然而，芭蕾還是一代一代傳了下來，延續至今，而且從今以後大概也會繼續傳承下去。

因為只要跳過一次，沒有人能抗拒芭蕾舞的魅力，所有人都會為了追求芭蕾的極致，即使粉身碎骨也在所不惜……

「一果，妳變了。」

琳倏地把臉靠過來說。

「有嗎？」

「妳變得健談多了。」

「才沒有。」

「有喔。也變得開朗多了。」

「才沒有。」

「有喔。還變得可愛多了。」

「才沒有。」

「有喔。芭蕾也變得好厲害。」

「才沒有。」

「有喔……」

琳以近得不能再近的距離直勾勾地凝視一果。

「我可以吻妳嗎？」

「嗯。」

這是她們的初吻。

兩人的鼻子撞在一起，忍不住相視而笑。琳抬起一果的下巴，一果動也不動地看著琳。琳變換角度，一次又一次地將自己的唇瓣壓在一果的唇瓣上。

她喜歡一果。

◆

凪沙第一次認真地為一果這個少女著想。

她之所以收留一果，完全是看在錢的分上，只當對方是燙手山芋，所以這次真的是她第一次把一果放在心上。

她已經不記得最初見到一果時的狀況，不過很久很久以前，她應該在親戚的聚會上見過一果。

「收到哪裡去了。」

凪沙在屋子裡翻箱倒櫃，尋找相簿。她把身為男人時拍的照片全部扔掉了，應該勉強還剩下全家福的照片。

「找到了。」

凪沙從紙箱裡翻出老相本，翻開來看，只有一張合照。

早織懷裡抱著的肯定是一果。

好可愛的小嬰兒。

即使是十幾歲成為不良少女的早織，應該也曾經有過視女兒如掌上明珠、想好好拉拔一果長大的時候。既然如此，她為什麼要虐待一果？

凪沙猜測早織的母親身體不好，無法再幫她帶小孩，大概是壓倒駱駝的最後一根稻草。

凪沙很清楚無依無靠是什麼樣的狀況。沒有伴侶的第三性萬一失去了工作，還有什麼可以依靠？該怎麼做才能重新找到一條活路？沒有任何保障，如果不去店裡上班，生活大概一下就會陷入絕境。

如果在光是要支撐自己的人生就已經疲於奔命的時候還要養孩子呢？換成自己，可能也不敢說絕對不會虐待小孩。就拿現在來說，雖然沒有到拳腳相向的地步，但凪沙也認定一果是燙手山芋，把她當成拖油瓶看待，壓根兒沒想過要怎麼照顧她。因為光是自己的事就已經占去她所有心神了。

自己生存的國家對社會上的弱者是出了名的冷酷無情，像早織那種單親家庭的貧困率說是世界第一也不為過。

一果本身沒有任何過錯。

她只是不幸做為早織的女兒，被生了下來而已。

既然如此，為什麼小孩必須承受父母造的孽呢？

「好可憐……」

凪沙緊盯著照片中笑容滿面的早織和一果，喃喃自語。

隔週，踏進開店前的香豌豆，一場軒然大波迎面而來。

「少管我！妳根本什麼都不懂！」

在門口就能聽見瑞貴的怒吼。

這種店從來不缺爭吵擾攘，但瑞貴很少大聲嚷嚷。

在絕大部分都是個性強悍、自我中心、本位主義的女人中，瑞貴是極少數能控制住場面的女人。

「妳再考慮一下。人生就像溜滑梯，一旦失速下滑，就再也停不住了……」

媽媽桑抓住瑞貴的肩膀，苦口婆心地勸說。瑞貴不領情地甩開媽媽桑的手。

「在這種店工作一輩子也賺不了什麼錢。」

「妳說什麼？太失禮了！我也是拚了老命在維持這家店。」

「我們光是身體就比一般女人花錢了。」

「妳應該知道，我們沒有別的地方可以去。」

「再見了，媽媽。」

瑞貴拎起皮包，匆匆地離開休息室。

不尋常的爭執令瓜沙胸口一陣慌亂。

「……瑞貴怎麼了？」

「她說要辭職。」

「什麼？」

「那孩子也要下海了。」

對於在特種行業裡討生活的人，「下海」這兩個字只有一個意思。

就是「賣身」的意思。

「瑞貴！」

凪沙怎麼可能坐得住，立刻追了出去。

衝出店外，跑到大馬路上，好不容易追上瑞貴。

「瑞貴！」

「別攔我。」

「我們聊聊，好嗎？」

「妳又想像平常那樣互相取暖嗎？」

「我不是這個意思。我們好好聊聊嘛。」

「我沒什麼好說。」

「妳該不會又缺錢了？」

瑞貴沉默不語。

「錢的話，我還有一點積蓄。」

瑞貴低著頭，以顫抖的聲線回答：

「別再對我這麼好了。」

「我們是朋友啊，我對妳好有什麼問題？」

「我受夠了……不管是跟妳借錢，還是為錢煩惱……」

凪沙和瑞貴這種女人終其一生都免不了為錢煩惱。

注射荷爾蒙這類日常支出已經是很大的負擔，為了變成女人，最後還得花上天文數字般的金額動手術。如果再加上別的支出，生活很容易陷入困境。

「……是為了他嗎？」

瑞貴沒回答。

「他只是把妳當成搖錢樹吧？」

瑞貴的沉默等於默認。她自己心裡也有數，可是又狠不下心分手。

「妳再考慮一下嘛，我想和妳一起在這裡工作。」

「凪沙，對不起，我已經決定了。」

瑞貴說，粗魯地甩開凪沙抓住她的手，頭也不回地離去。

瑞貴是凪沙進入這個世界以來，一路並肩同行的戰友。

歌舞伎町的霓虹燈逐漸吞噬了瑞貴。

「……瑞貴。」

喧囂的噪音蓋過凪沙的呼喚，誰也聽不見。

瑞貴辭職後，凪沙感覺自己變成孤零零的一個人。

她和明菜、糖果的感情絕對沒有不好，只是她們都無法代替瑞貴，感覺胸口好像破了一個大洞。

凪沙魂不守舍地離開香豌豆，踏上歸途，在回家路上必經的公園停下腳步。

喧囂街道上的迷你兒童公園裡，一果正專心地利用單槓練芭蕾。甚至沒發現凪沙，全神貫注地練習。

凪沙不好意思出聲打擾，只能靜靜地守護著她。一果的練習遲遲看不到終點，真是了不起的專注力、體力和精神力。凪沙不等一果注意到她便悄悄地走開了。

第二天，凪沙前去實花的教室。

實花以親切的笑容迎接凪沙。

「請用，這是伯爵茶。」

實花端出紅茶待客，凪沙微微點頭致意。

「老師以前也跳過芭蕾嗎？」

「那當然，所以我現在才能教課啊。」

實花不禁莞爾。

「說的也是。」

凪沙與實花意外合得來，真不可思議。實花非常細膩貼心，落落大方的氣質讓人覺得很舒服。但是凪沙想像得到，這種性格在必須眼明手快才能搶得先機的芭蕾舞業界裡，大概會吃很多苦。

「我從三歲開始跳舞，不管是睡著還是醒著，滿腦子都是芭蕾，根本看不見別的東西。」

「真的嗎，擁有這種孩提時代真令人羨慕，因為我的童年是一片空白。」

「凪沙小姐應該也玩過什麼運動吧？」

「嗯，我打過棒球。少年棒球。」

「是嗎，真難以想像。」

「我家在鄉下，所以男孩子都要打棒球，我個人倒是討厭得不得了。我們那支棒球隊是縣內數一數二的強隊，教練凶得跟鬼一樣，完全採取昭和時代的斯巴達教育。不瞞妳說，我其實也想跳芭蕾。」

「所以妳才在店裡跳芭蕾舞嗎？一果都告訴我了。」

「那孩子居然告訴妳這些事。」
沒想到一果會提起自己，令她大感意外。
「對呀，她說妳跳得很好。」
「討厭啦，我只是有樣學樣、有樣學樣。」
「啊，不好了。」
實花看了時鐘一眼，輕聲驚呼。
「凪沙小姐，不好意思，我得去打工了。」
「打工？」
「我在這附近的義大利餐廳打工。這個時間點還沒什麼客人，要不要到店裡談？」
她明明是芭蕾教室的老闆，卻還要打工，真令人意外。
可能是實花的經營方式無法為舞蹈教室帶來太多收入吧。即便如此，她依舊立志於培育舞者，而且是世界級的舞者。
凪沙與實花一起前往她工作的餐廳。如實花所說，只有一組客人。
實花向店長打了聲招呼，坐下來與凪沙繼續聊。
「沒想到妳居然還要打工。」
「是嗎？光靠芭蕾教室其實賺不到什麼錢喔。因為我們班上沒有太多學生。」

凪沙發現芭蕾舞的世界果然很嚴峻，就連一人吃全家飽的實花也難以生存。花錢如流水的另一方面，要賺錢比登天還難。

一果卻對這樣的世界產生了憧憬。

「一果跳得怎麼樣？」

凪沙直接切入重點。

「最近好像有了目標，在她身上可以感受到堅強的意志。」

「這樣啊。我有點擔心，因為那孩子遲早要回鄉下……」

凪沙說到這裡，胸口隱隱作痛。

「妳之前也說過……不過就算是這樣，我也想盡我所能地指導一果到最後一刻。在芭蕾舞的世界裡，天賦即一切。區分成有天分的人和沒有天分的人，芭蕾舞的世界就是這麼不公平。而一果是有天分的人。」

實花真摯地說。凪沙聽著聽著，心情跟著有了著落。現在根本還不知道一果什麼時候要回去，與其煩惱尚未發生的事，不如盡力做好現在能力所及的部分。

「那麼一果就拜託妳了，目前應該還繳得出學費，此外還有別的必要支出嗎？」

「我想想看喔，雖然還不確定她能在我這裡學到什麼時候，但是如果要參加發表會或上場比賽，就需要報名費及置裝費。」

凪沙不敢問金額，但也不難想像。

芭蕾舞的世界果然對窮人極不友善。但凪沙想讓一果跳舞。看到一果在舞台上成為眾人目光焦點的模樣、看到一果在公園練習到渾然忘我的模樣，怎麼忍心不讓她繼續跳下去。

「錢的事我會想辦法，請多多關照了。」

凪沙說，內心掠過一絲不安。

廣島老家原本答應要給她的一果養育費又沒給了，光靠香豌豆的薪水，著實無法應付學芭蕾的各項支出。

只好白天也去工作了。

凪沙下定決心，深深地向實花行了一禮。

◆

自從凪沙答應讓她去芭蕾教室上課後，已經過了一個星期。

如今正是順遂的時候。身體越跳越聽使喚，比以前更柔軟。實花老師說過，身體的肌肉會配合芭蕾舞越練越結實。

唯一令她放心不下的是琳。

琳動不動就請假不來上課，即使來練習，也經常找藉口休息。

「妳可以陪我去醫院嗎？」

當琳終於來上課，對她這麼說的時候，一果鬆了口氣，心想琳可能只是身體不舒服，所以才請假不來上課。因為琳說這句話的臉上盈滿笑意，一果心想應該不是什麼大問題。

琳的母親也出現在醫院裡，看也不看一果一眼，簡直當她是空氣。一果並不在意。琳的母親叫她不要跟進診間，一果只能耐著性子在走廊上等琳檢查完畢。等待的時間很漫長，一果內心充滿了不安。

醫生向琳宣告的診斷結果是足底筋膜斷裂，對於芭蕾舞者來說，無疑是晴天霹靂的噩耗。很多芭蕾舞者都會被這種病纏上，需要很長時間才能治好，就結果而言，等於是對舞者生涯宣判了死刑。

醫生滔滔不絕地向琳與母親說明情況，琳只是默不作聲地盯著自己呈現在X光片裡的腳骨。

琳的母親開始放聲大哭，彷彿她才是最傷心的人。

「醫生，真的沒有別的辦法嗎？」
「很遺憾，我認為……應該無法像以前那樣跳舞了。」
「這孩子一旦失去芭蕾，就什麼也沒有了。」
對母親來說，我只是替代品。
琳這麼想。
「小琳兩歲半就開始學芭蕾，一直跳到現在，怎麼會發生這種事……」
「總而言之，先專心治療一陣子吧。」
就連母親的淚水到底是真心還是假意，琳都感到懷疑。
母親打造出一個只屬於自己的世界，這輩子都活在那個世界裡。
明明沒有天分，卻還夢想著成為舉世聞名的芭蕾舞者，美夢破碎後就把夢想一股腦兒地寄託在女兒身上，如今就連這個夢想也瀕臨破碎。可悲的是母親已經沒有備胎了，還是她現在要趕快再生一個？
「媽媽，我先出去了。」
琳對可悲的母親丟下這句話，走向一果正在等她的走廊。
一果還是老樣子，面無表情地凝視著半空中，沒留意到琳。
「嗨！」琳輕拍一果的肩膀，伸出食指，戳中一果回過頭來的臉頰。琳轉動手指，食指深深地陷入一果的臉頰。這是琳經常對她做的惡作劇，一果只能苦笑。

「結果怎麼樣？」

一果難得主動開口。

「嗯，好像不太樂觀。」

琳故意說得雲淡風輕，把臉埋進一果的胸膛，不讓她看見自己的表情。

小時候確實是為了討母親歡心才跳芭蕾舞。

可是，如今她想為自己跳。

她明明那麼喜歡跳舞……

想到這裡，眼淚突然像潰堤的水庫，爭先恐後地落下，滲進一果的衣服裡，暈染出大片的水漬。

一果什麼也沒說，將自己的臉頰貼著琳的臉頰。一果的體溫一點一滴地傳了過來。

沒什麼可說的。

對這兩個少女而言，除了對方以外，最重要的東西只有一樣。

5

凪沙對著鏡子，陷入長考。

眼前這個人是誰？

凪沙站在運動用品量販店的試穿室裡，身上穿著平常自己絕對不會選來穿的樸素女性求職西裝，臉明明跟平常一樣，卻有股說不上來的怯懦畏縮。如果擦上大紅色的口紅，大概會好一點吧。可是大紅色的口紅顯然不配這身西裝。

不愧是量販店，連凪沙的尺寸都有，只有鞋子得另外買。

買好西裝後，再來是履歷表上的照片。

她已經很久沒拍證件用的大頭照了，甚至不曉得該擺出什麼表情才好，結果時間拖得太久，被追加了額外的費用。

心裡充滿不安。

踏出新宿不夜城的那一瞬間，整顆心失去著落，變成不安又缺乏自信的人。
可是也只能硬著頭皮上了。
光靠晚上的工作已經撐不下去了。
考慮到要照顧一果，還得準備讓她學舞的錢，再加上自己的維護費用，無論如何都需要白天的工作。就算暫時放棄存錢去泰國，也完全不夠。
凪沙鼓起勇氣，去好幾家公司面試。
「您是從哪裡知道敝公司的徵人訊息？」
凪沙老實回答中年面試官的問題：「從網路上看到的。」
當她還是以男人的身分在廣島工作時，曾經在印刷公司當過業務員，所以在網路上搜尋相同的職缺，丟履歷面試。
在現今這個時代，凪沙已經不會因履歷表或性別受到太露骨的差別待遇了，願意誠摯面對性別議題的企業也比以前增加許多。
然而，這只是檯面上的狀態。
事實上，此時此刻坐在凪沙面前的兩位面試官臉上始終掛著無意義的笑容。
四目相交時，凪沙也回以微笑，但是仍能感受對方為了不讓她覺得受到歧視而過於小心翼翼的態度。這樣或許比講些充滿歧視的難聽話好一點，但凪沙仍深刻地體認到自己在對方眼中依舊不是正常人。
「可以請教您應徵敝公司的動機嗎？」
男性面試官問。
「好的……因為我以前從事過相同的工作，而且覺得這份工作比較穩定……」
這時，年輕的女性面試官突然天外飛來一筆：
「妳的耳環好好看吶。」
那是凪沙為了今天買的平凡耳環，不可能好看到哪裡去。如果是在店裡，她可以笑著打哈哈：「確實比妳的好看。」但現在只能乖乖回答：「謝謝妳的讚美。」
與履歷表大眼瞪小眼的男人突然抬起頭來說：
「嗯……現在很流行呢。是叫ＬＧＢＴ嗎？很不容易吧。我也上過這方面的課。」
怎麼可能流行——凪沙心想。女性面試官語帶責備地喊了一聲：「課長！」
「咦？我說錯了嗎？」
課長神色慌張地問部下，但凪沙不在乎。要是因為這點小事就受傷還怎麼活下去。事實上，比起一無所知，她還寧願對方就算稍微有點誤解，也想了解她們的用心。
這裡是日本，還不像歐洲那麼進步。
凪沙心想，迎向下一次的面試。

就這樣，凪沙一面在香豌豆上班，一面找了兩個月的工作。不只業務職缺，她還放寬標準，幾乎把所有可以面試的工作都試了一遍，結果還是沒有任何一家公司願意僱用她。

她對實花誇下海口說錢的事她會想辦法，可惜現實是殘酷的。就算她再怎麼認真地想辦法，沒辦法就是沒辦法，最後只磨平了好不容易才找到尺寸的女用平底鞋鞋跟。

「說好的家用呢？怎麼都沒寄來？」

凪沙利用面試的空檔打電話給母親和子，催她匯錢。一果的比賽迫在眉睫，得趕快籌到報名費才行。

然而，母親不僅沒有絲毫歉意，還勃然大怒地發飆：「我也有我的難處！」

「我只有一個人，還得照顧你姥姥，是想逼死我嗎。你是長子耶，應該是你寄錢回來給我吧。」

每次局面對自己不利，就提出別的問題來轉移焦點、惱羞成怒是母親的拿手好戲。而且這完全是母親毫無自覺下的反應。她真的相信自己是對的，所以就算回嘴，基本上也別想得到她的理解。

「夠了，我明白了。」

凪沙打斷母親沒完沒了的抱怨，掛掉電話。

在前往下個面試地點的路上，凪沙想起母親。兩人已經很久沒見，當然也沒告訴她自己正以女兒身過活的事，因為她深怕一旦站在和子面前，自己又會變回以前那個對任何事都缺乏自信的小孩。

父親在凪沙十歲的時候就因為癌症去世了。從此以後，和子獨力撫養她長大。一如所有昭和時代的母親，想將她培養成堅強又可靠的男孩子，還讓她加入少年棒球隊。

凪沙就讀小學低年級的時候，深深地迷上少女漫畫裡的世界，還向班上的女同學借漫畫回家看。有一天回家，卻發現所有的漫畫不翼而飛，都被和子扔掉了。

「那是朋友借我的漫畫！」

凪沙哭著向母親抗議，和子壓根兒不理她。

「那種東西是給女孩子看的。」

和子利用媽媽們之間的交流，打聽當時流行什麼少年漫畫，買回來給她看。

「瞧瞧我給你買了什麼。」

和子選的漫畫都是些充滿男子氣概，以棒球或拳擊為題材的作品。

凪沙在母親面前還會假裝翻兩頁，但是一點也不覺得好看。

當時她就有預感，這個人終其一生都不可能了解自己，為此陷入深不見底的絕望。越希望母親能了解自己，自己就越受傷。

有人用正經八百的大道理勸她，母親終歸是母親，只要好好說清楚、講明白，母親遲早會了解她。但是希望母親別管自己才是凪沙真正的想法。比起外人，凪沙比誰都更清楚母親的為人。

從此以後，凪沙時時刻刻提醒自己要在母親面前表現出男孩子該有的樣子，這個習慣直到長大成人以後仍戒不掉。

去香豌豆上班前，凪沙先去芭蕾舞教室一趟，向實花深深地低頭致歉。

「不好意思，一果參加比賽的報名費和置裝費可以再等我一下嗎？」

沒想到這麼快就得向實花舉白旗。連找工作都要花錢，開銷有增無減。如今已經無法指望老家寄一果的養育費來，所以根本不知道要去哪裡弄到一筆錢。

「哦……沒關係。如果真的有困難，我也可以不收學費……」

「我一定會付錢的。」

凪沙知道實花是好意，但不付學費等於是接受施捨，這點她還是有點抗拒。明明現在已經不是逞強的時候，她還是希望盡可能靠自己的力量讓一果繼續學芭蕾。

「在這種情況下實在難以啟齒，但是既然要參加比賽，如果不以數量取勝就沒有意義了。但是如果要以數量取勝，報名費和置裝費等於是一個無底洞。」

「這樣啊……說的也是。」

凪沙忍不住仰天長嘆。實花笑著為她打氣：

「一果媽媽，皇天不負有心人。雖然很辛苦，讓我們一起努力吧。」

凪沙噗哧一笑。

「怎麼了？」

「妳剛才叫我媽媽。」

「哎呀，我真的說了嗎……不好意思。」

關上芭蕾舞教室的門，凪沙想起剛才實花說的話，又笑了出來。

喊學生家長為媽媽只是實花的習慣吧。

可是聽在第一次被叫媽媽的凪沙耳中，總覺得心情好奇妙。

媽媽啊……

想再多也無濟於事的稱謂。

永遠扮演不來的角色。

儘管如此，仍忍不住祈求上蒼。

她還是想要孩子。光是變成女人還不夠。她其實一直想當母親。

此時此刻，她好想跟瑞貴坦承一切。可是自從瑞貴辭職以後，她就再也聯絡不上瑞貴了。

「芭蕾舞的進度如何？」

凪沙在廚房做飯，邊問一果。

一果正在整理她的新床鋪。她已經不用在廚房鋪棉被睡覺，風光地搬進壁櫥裡。一果還把凪沙書架上的漫畫搬進去，將自己的地盤打造成舒適的祕密基地。

「妳有在聽嗎？」

「嗯。」

一果躺在被子上看漫畫，回答得十分敷衍。

長大以後，凪沙買了幾套小時候母親禁止她看的少女漫畫。一果顯然很喜歡其中以芭蕾舞為題材的漫畫。

一果向實花老師學芭蕾已經過了快半年的時間。起初和子告訴凪沙只要收留一果三個月，如今兩人的同居生活遠比想像中長，而且感覺還會再持續一陣子。

一果最近與凪沙的關係也有相當大的轉變。

最大的變化是一果開始願意在凪沙面前稍微表現出放鬆的樣子了。凪沙覺得她有點沒大沒小，但是比起敵意或有如銅牆鐵壁般的漠不關心，這樣反而比較好。

「『嗯』是什麼意思？」

「很開心。」

願意回答「嗯」以外的句子也是很明顯的進步。

凪沙嘗一下味道。

最近因為錢的關係，凪沙幾乎不在外面吃喝玩樂，每天都回家自己煮飯吃。與一果接觸的機會也自然變多了。

「妳餓了吧？」

「嗯。」

凪沙將兩個裝滿薑燒豬肉的盤子放在桌上，只要再加上白飯、味噌湯和沙拉，就成了看在任何人眼中都不至於寒酸的晚餐。

「來，快吃吧。」

兩人面對面坐著。

「我要開動了。」

凪沙雙手合十，問一聲不吭拿起筷子的一果：「吃飯前要說什麼？」

「……我要開動了。」

一果也不情不願地雙手合十。最近提醒她要有規矩時，她總算願意照做了。以前只以為她是不知感恩又沒禮貌的小孩，如今凪沙意識到，這或許是因為一果活到這麼大，幾乎沒有跟別人一起吃飯的經驗。從小到大的教育讓一果不覺得有開口說「我要開動了」的必要。

「如何？好吃嗎？」

「嗯。這是什麼？」

「香煎豬排佐生薑蜂蜜。」

凪沙一臉得意地說。這是她自行加以變化的特製菜單。

「原來是加了蜂蜜的薑燒豬肉啊。」

「我說香煎豬排佐生薑蜂蜜就是香煎豬排佐生薑蜂蜜。」

凪沙笑著強調，撥了一大堆自己的沙拉到一果的盤子裡。

「蔬菜也要吃。」

「我討厭蔬菜。」

「不可以挑食。」

一果心不甘情不願地把蔬菜放進嘴裡，大皺眉頭。

凪沙最近很期待這種毫無重點的對話。仔細想想，一果也跟她一樣，不再用廣島腔說話了，或許是受到琳的影響。

「等一下把要洗的衣服拿出來。」

「嗯。」

吃飽飯後，兩人前往附近的公園，那裡是一果練習芭蕾的地方。凪沙在旁邊的長椅坐下，目不轉睛地看一果跳舞。

凪沙起初不想打擾一果，小心在暗處觀摩，不讓她看見。後來發現就算有人在看，一果也不會分心，便開始大大方方地和一果結伴去公園。

一果抓住單槓，在她面前練習。

「妳的腳怎麼能抬得那麼高啊？」

一果沒回答凪沙的問題，她一旦專心起來就什麼也聽不見了。

「妳在跳什麼？」

凪沙趁一果喝水的空檔問她。

「告訴我嘛，我也想在店裡跳。」

「……欸？」

「有什麼關係嘛，教我。」

凪沙拚命央求一果教她跳舞，一果雖然一直「欸……」卻也稍微空出自己身旁的空位，凪沙興高采烈地跑到一果旁邊。

「那麼……先下蹲。」

一果屈膝，重心往下放，在雙腳之間形成菱形的空隙。凪沙模仿她的動作，故意搞笑：「好，下蛋了。」

或許是笑話太冷了，反而戳中一果的笑穴，只見一果哈哈大笑。這種反應也很稀奇，凪沙不禁喜上眉梢。

「下蹲！」

「好好好，是下蹲。」

在那之後，一果花了整整三十分鐘教凪沙基本動作。一果的教法非常仔細，即使平常沒有用到的肌肉已經開始忍不住呻吟，凪沙依舊不希望結束這麼美好的夜晚。

「接下來教我舞步，我想學《天鵝湖》。」

「欸，回去了啦。」

「每次都跳〈四隻天鵝〉，那是指小天鵝吧。我也想跳一下優雅的大天鵝。」

她口中的優雅大天鵝，指的應該是奧傑塔公主的獨舞。

「真拿妳沒辦法。」

一果翩翩起舞。凪沙只能努力地有樣學樣，幸好拜每天在舞台上表演所賜，跳著跳著竟也有模有樣起來。再繼續跳下去，動作一致得像是在跳雙人舞，感覺就連呼吸的頻率也逐漸趨於一致。
那一瞬間，凪沙強烈地感受到自己與一果融為一體。
一曲結束，兩人以天衣無縫的呼吸停下腳步，耳邊傳來稀稀落落的掌聲。
有個微醺的老人走來，不知道他已經看了多久。
老人看起來非常正派，但凪沙還是下意識把一果拉到自己身邊。再怎麼說，這裡可是新宿。
「奧傑塔公主啊……」
老人似乎對芭蕾舞很有研究。
「小姑娘跳得很好呢！」
老人的讚美令凪沙和一果不由自主地相視微笑。
「可是天一亮，奧傑塔就會變回天鵝，真是悲傷的故事。」
老人宛若執事般把手放在胸前，文質彬彬地行了一禮，頭也不回地離開。
沒錯。
《天鵝湖》是個悲劇。
老人說的話迴盪在凪沙耳邊，有如警鐘。
或許不是這一時半刻，但遲早一定得變回天鵝。

「再教我別的。」

凪沙纏著一果不放，但一果真的累了，嚴正拒絕：「不要。」

一果三步併成兩步地走出公園，凪沙邊喊著「等我一下」邊追上去。凪沙追上一果，與一果並肩同行，一果主動牽起她的手。一果的手小小的、暖暖的。凪沙覺得自己這輩子大概都不會忘記這時的觸感。

那天晚上，凪沙輾轉難眠。滿腦子都是與一果牽手那瞬間排山倒海而來的幸福感受。凪沙想了好多好多，錢的問題、芭蕾的問題、一果什麼時候要回去的問題、找工作的問題、性別重置手術的問題……

都是一些想破頭也無法改變現況的問題，凪沙只知道一件事。

那就是，一果才是眼下最重要的事。

她想讓一果跳芭蕾舞的天分開花結果。

6

瑞貴的變化之大，令凪沙暗自心驚。

正確地說，她的模樣並沒有改變，變的是她眼眸深處的神態。

以前瑞貴眼中開朗、知性的神采消失得無影無蹤，如今只剩下一片荒蕪，宛如彈珠般空洞。

一如洋子媽媽桑的預料，瑞貴已淪落風塵。凪沙透過認識的人脈，總算打聽到瑞貴的去向，想請她幫忙介紹自己去她的店裡上班。

「媽媽說的是至理名言喔。人生就像溜滑梯，一旦失速下滑，就再也停不住了。妳可以嗎？」

瑞貴直勾勾地盯著凪沙說，眼中再沒有任何光芒。凪沙躊躇再三，終究還是點點頭。她明明已經費盡思量，認為除此之外沒有別條路走，好不容易下定決心，事到臨頭卻還是猶豫了。

瑞貴介紹她去的店在池袋。

儘管是已經完全融入新宿街道的凪沙，要踏進池袋還是需要很大的勇氣。同樣都是不夜城，但光是氣味及氛圍就截然不同，讓人感覺喘不過氣來。

那家店位在離市中心有一段距離的住商混合大樓裡，老舊的大樓裡開了各式各樣奇奇怪怪的商店及公司。那家店租了十來個不相鄰的房間，提供色情服務。

「早安。」

與瑞貴一起在休息室等待面試時，從事色情行業的第三性公關陸續來上班。大部分都是比自己年輕許多的女孩。最近越來越多在鄉下活不下去，急需用錢的年輕跨性別人士投靠這種店。

另一方面，這種店裡年齡層比較高的第三性公關則是步入中年，已經無法在人妖秀舞廳之類的地方工作的人。

沒有店願意僱用她們，她們不是來這種地方上班，就是阻街賣身，再不然就只能去工廠工作。

直到自己也淪落到這種店裡，經過瑞貴的說明，凪沙才真正明白第三性要面對的現狀。

「簡直是地獄。」

瑞貴氣若游絲地微笑。

「我再問妳一次，真的可以嗎？」

「嗯……因為我也沒有別的選擇了。」

一直找不到白天的工作，凪沙已經走投無路了。

「我不想扼殺那孩子的可能性……」

她其實沒有抱著必死的決心，只是跟許多在這裡工作的人一樣，不知該如何是好，只好隨波逐流地淪落到這裡。

「我們從來沒有任何選擇。」

瑞貴自言自語般地低喃。

如今已經完全看不到瑞貴在香豌豆那麼開朗，還被大家調侃說不定哪天能成為政治家的風采。能把瑞貴摧折成這樣，這裡真是太可怕了。但是再可怕，凪沙也別無選擇。

◆

放學後，一果踽踽獨行。自從被診斷出足底筋膜斷裂後，琳極其自然地退出芭蕾教室。一果還以為至少能在學校見到她，沒想到琳幾乎也不來上學了。

一果只有琳這個朋友，琳一旦不在她身邊，一果立刻變得形單影隻，但也不想跟琳以外的人一起混。

穿過熱鬧的街道，一果在便利商店前停下腳步。琳在便利商店的停車場裡。琳的周圍是一群一果沒見過的年輕人，看起來比一果年長許多。從停在眼前的車裡傳來震耳欲聾的舞曲音樂聲。

有個男人發現一果目不轉睛盯著琳看。

「那個人一直看著這裡，是誰的朋友嗎？」

男人的發問讓所有人的視線不約而同地望向一果。一果總算對上琳的視線。

「是不是琳的同學？」

「我不認識她，走吧。」

琳無動於衷地避開一果的視線，頭也不回地上車。男人也尾隨她坐進車子裡，車子不一會兒就從一果面前疾駛而去。一果的視線始終鎖定在琳身上，但琳只與一果短暫地視線交會，就再也不看一果一眼。

一果滿腦子都是琳的事，完全無法投入後面的練習。

「從右腳後面的第五位置開始，先腳尖滑並步再跳躍，兩個四次交織的擊腿跳，換腳再來一次。第三組動作是四次交織的擊腿跳、開腿交織的擊腿跳、三次交織的擊腿跳、細碎的舞步、追趕步帶跳躍。」

實花的指示如雪片般飛來，一果半個字也聽不進去，怎麼都提不起勁來接受實花的指導。

「好，接下來用這首歌分成四個人一組，第一組就定位。」

學生依照實花的指示分組，開始練習，但一果的精神始終渙散。

「再蹲低一點，動作太慢了！用下面那隻腳抓住地板！腳在第五位置。」

一果完全記不住舞步的順序，整個慢別人一拍，乃至於動作跟其他人相反，狠狠撞上同一組的同學。

一果知道是自己不好，甩甩頭，說了聲「對不起」。即使一而再、再而三地告誡自己精神不夠集中的話，可能會害別人受傷，也會害自己受傷；但是琳死都不肯與自己對視的倔強深深烙印在她的腦海裡，揮之不去。

「到此為止，喝點水。」

學生們一起補充水分。

「妳們兩個都沒事吧？」

實花問一果和被她撞到的學生，一果點頭說沒事。

實花露出鬆了一口氣的表情，隨即又換上嚴肅的表情，把一果叫到舞蹈教室的角落。

「一果，妳是怎麼回事？完全沒進入狀況。就快比賽了，妳知道嗎？再這樣下去，妳會辜負凪沙的苦心喔。」

一果默默擦汗，她比誰都清楚自己完全沒進入狀況，也很清楚再這樣下去會讓凪沙失望。

「怎麼啦？發生什麼事了？芭蕾沒妳想像的那麼容易喔，如果有什麼精神上的負擔，不妨說出來聽聽。」

「……琳不會再來上課了嗎？」

「沒錯……我也很遺憾。」

聽到琳的名字，實花的臉上寫滿了苦澀。琳放棄芭蕾後，鎮日與行為不端的同伴鬼混的事在同學間已是公開的祕密。

「現在請專注在自己的事情上。」

一果點點頭，就連討論這件事的同時，琳的臉也不曾離開一果的腦海。

◆

凪沙分配到一個簡陋的房間，一看就知道是從事色情行業的場所。

約莫兩坪大的空間只有床和小置物架，置物架上擺滿了用於性交的潤滑液及保險套。

凪沙穿著浴袍，極度緊張，腳一直在發抖。

她已經做好心理準備了。不，是不得不做好心理準備。即使這樣告訴自己，身體還是因為受到極大的壓力而不斷提出抗議。

不一會兒，門開了，服務生帶了一個男人進來。

「一個小時的方案對吧？如果要追加服務的話，請利用那邊的電話，按九號通知我們。」

三十多歲的客人看上去是個隨處可見的平凡青年。凪沙還以為會是中年男子，出乎預料的結果令她有些錯愕。看來是她一廂情願地以為這裡跟人妖秀的客層差不多。

男人同樣穿著浴袍，在狹窄的房間裡看了一圈，在凪沙身旁坐下。

「歡迎光臨……」

凪沙的舌頭都快要打結了，勉強擠出這句話。

「那個，我聽說有新人進來。」

「……是的。」

「哇！我真是太幸運了。」

男人似乎已經習慣上這種店了。

「妳是哪裡人？」

「廣島……」

「樣子不年輕了。很辛苦吧？現在才要下海。」

「……是的，我很緊張。」

「是為了籌措手術費用嗎？」

為什麼每個人看到出來工作的第三性公關都認為她們是為了賺手術費呢？

「請問您在哪裡高就？」

凪沙想起在香豌豆的待客手法，主動問對方。如果能儘量掌握現場的主導權，心情大概會輕鬆一點。

「哦，我嗎？我是水電工，專門接居家修繕之類的案子。」

「這樣啊……很辛苦吧。」

「還好，習慣就好了。」

男人說，順手脫下浴袍，貼上凪沙的身體。

「哇！我真的好幸運啊。」
男人不由分說地想要強吻凪沙。
凪沙下意識地別開臉。
雙腿抖得越來越厲害，她快撐不住了。
凪沙有如驚弓之鳥的樣子令男人更加興奮，放肆地把手伸向凪沙的下半身。
「妳那根還在吧？」
「什麼……」
「妳下面那根還沒閹掉吧？」
「呃……我……」
面試時也問過這個問題，說是一旦動過手術，身為商品的價值就會大跌。
「哇！我好興奮，真令人難以抗拒。」
男人壓到凪沙身上。
「那個……不好意思。」
「嗯？什麼事？」
「我還是辦不到。」
「沒關係，那樣反而更令我亢奮。」

「對不起！」

凪沙幾乎是用踢的以腳頂開男人的身體，翻身衝出房間。

「站住！」

男人追到走廊上。他那平凡至極的模樣如今看來恐怖得有如惡鬼。一絲不掛的男人追上凪沙，抓住她的手，打算把她拖回房間裡。

「對不起，請你放過我。」

「怎麼把我說得跟壞人一樣！我可是付了錢的！」

凪沙再三求饒、試圖逃脫，卻被興奮的男人從背後緊緊架住。

服務生聽見騷動，趕來阻止，結果被客人一把推開。

「這位客人，我要報警了！」

「少囉嗦！憑什麼就連妳這種人也敢瞧不起我！」

男人的神情已經失去理智，凪沙蹲在地上，驚慌失措地一再道歉：「對不起、對不起……」

「妳只不過是改造人吧！」

男人面目猙獰地鬼叫，口水噴得到處都是。

下個瞬間，耳邊傳來頭蓋骨與金屬互相碰撞的悶響，男人慢慢地倒在地上。

「……瑞貴？」

瑞貴就站在男人背後，手裡拿著金屬製的拖把。看見瑞貴的那一刻，淚水從凪沙眼裡傾洩而下。

「……少瞧不起人了。」

瑞貴怒吼，空洞無神的雙眼依舊空洞無神，卻散發出懾人的光芒。

凪沙從未見過瑞貴這一面。瑞貴一向是溫柔、理性、可愛的女孩子。

男人倒在地上，血從後腦杓流了一地。

凪沙這才反應過來，瑞貴用拖把打破了男人的腦袋。

「瑞貴！」

瑞貴還想繼續打人，凪沙拚命地擒抱住她。

「夠了！瑞貴，夠了！」

「你算什麼玩意兒！你是什麼社會賢達嗎！我們都是人……都只是普通人！為什麼只有我們要受這麼多罪！」

聽見騷動的好事者紛紛從房間裡探出頭來，在走廊上觀察他們的混戰。其中也有在其他房間辦事的同店女生和工作人員。

可是誰也不肯對她們伸出援手。

瑞貴的吶喊肯定傳達不到任何人心底。警車的警笛聲越來越近。凪沙只能用顫抖的手緊緊地抱住瑞貴。

接獲店家的通報，警方出動了救護車和三輛警車，住商混合大樓前面瀰漫著非同小可的緊張感，大批看熱鬧的群眾將周圍擠得水洩不通。

血流如注的男人躺在擔架上被抬出大樓。男人苦苦哀求救護隊員讓他回去，但還是被送往醫院。顯然是家裡還有老婆，不希望自己出現在這種地方的事公諸於世。

走廊上，兩位警官圍著瑞貴，正在檢查她的駕照。

「呃，你是野上劍太郎先生吧。」

「不是，我叫野上瑞貴。我不認識什麼叫劍太郎的人……」

警官們傷腦筋地面面相覷。

警官要求瑞貴跟他們回警局，凪沙立刻上前。

「那個，警察先生，你們誤會了。瑞貴沒有錯，這件事是我不好……聽我說。」

凪沙拚命解釋，被另一位警官毫不留情地打斷。

「不好意思。等回到警局，我們會向本人問清楚。」

警官扣住瑞貴的手臂，瑞貴也不抵抗，順從地跟他們走。

「我不認識什麼叫劍太郎的人……」

瑞貴念念有詞，眼神一片空白，彷彿不存在於這個世界上。

都是我害的。

凪沙凝望瑞貴被警方帶走的背影，內心十分自責，身體依舊止不住地顫抖著。

◆

一果被廚房傳來的切菜聲吵醒。

印象中，小時候沒有聽過這種聲音，儘管如此，她仍覺得這種聲音好溫柔，溫柔得令她沒來由地有些感傷。

切菜的聲音就像搖籃曲，讓一果不由自主地又睡起回籠覺來。

「一果，起床了。上學要遲到了。」

又過了幾分鐘，不只，大概有幾十分鐘，耳邊傳來凪沙的提醒。一果沒應聲，繼續睡懶覺。

「快點給我起床。」

「再睡五分鐘就好。」

「不行，快起床。妳要遲到了。」

一果下定決心，睜開雙眼。

「……知道了啦。」

早餐已經擺在桌上。看到正把味噌湯放到桌上的凪沙，一果全身的血液都要凝固了。

凪沙的長髮剃得短短的，那可不是什麼俏麗的短髮，而是像運動員那種平頭。整張臉脂粉未施，身上還穿著工作服。

沒錯，眼前的凪沙是她剛來東京時，親戚給她那張照片中的凪沙。

「早安。妳自己吃早餐，我要出門了。」

定睛一看，桌上只有一果的早餐。凪沙什麼也沒解釋就站起來。一果忍不住問她：

「……這是怎麼回事？」

「妳說我嗎？我找到工作了。」

「……咦？什麼意思。」

「那家公司還不錯，薪水也很不賴。」

「……為什麼？」

「妳怎麼了？平常都不說話，今天居然這麼多問題。」

凪沙微笑著說。

一果以近似恐懼的表情凝視她的笑臉。眼前這個人是凪沙嗎？

一果覺得她好像變了個人。

「妳為什麼要這麼做？」

「哪有為什麼，大人跟小孩最大的不同就是大人要工作啊。這麼一來妳也能專心學芭蕾。」

果然沒錯——一果心想。她早就隱約地察覺到凪沙的變化與自己有關。

一果盯著凪沙看了好一會兒，也不吃她為自己準備好的早餐，轉過身去背對凪沙，躺在地上開始看漫畫。

「慢著，妳那是什麼態度？妳以為我出去工作是為了誰？」

「我又沒有拜託妳。」

「什麼？妳不要太過分。」

即使外表變成男人，凪沙說話的方式還是跟以前一樣。聽見凪沙從背後傳來的聲音，回想凪沙的長髮，一果覺得好難過。

「我又沒有拜託妳。」

凪沙搶走一果手中的漫畫，撕破扔掉。

這次換一果跳起來，把桌上的早餐全都掃到地上。

「我又沒有拜託妳。」
一果不住地往後退，直到整個背都貼在牆壁上，仍頑固地用可恨的表情重複這句話。
真是不知感恩的死丫頭。
就連在照片上都不想看到自己還是男人時的模樣，如今卻要變回那個樣子，需要多麼堅定的決心，又是多麼痛苦的決定。
一果靠著牆壁，瞪著凪沙。她的身高以國中生來說算是相當高挑，如今看來卻顯得好小好小。
當凪沙仔細觀察一果既頑固又可恨的表情，她心中產生一股這輩子從未感受過的情緒。
「一果……」
凪沙輕聲呼喚。
一果只是在害怕。
「過來我這裡。」
一果將頭搖成一只波浪鼓。
「過來。」
這時，凪沙的心情已然平靜下來。

「過來。」

凪沙又說了一次。

一果花了好多時間，慢吞吞地走到凪沙身邊，把頭埋進凪沙胸前。

為什麼要為我付出這麼多？

為什麼要為了這樣的我？

連媽媽都不要我這個女兒……

凪沙能感受到一果既混亂、又膽怯的心情。

凪沙溫柔地輕撫一果的頭，有如撫摸幼兒的頭，一次又一次。

她的手喚醒了一果久遠的往日回憶。

母親早織也曾這樣每天摸她的頭。彷彿一果是她愛不釋手的心肝寶貝。

「沒事了。」

凪沙溫柔地說。

「沒事了。妳什麼都不用擔心。」

凪沙認為只要自己陪在她身邊，這孩子就不會有事。

自己才是唯一能接受一果一切的人。

7

凪沙找到的工作是在一家名為東鄰的貨運公司上班，位於離新宿搭電車三十分鐘左右車程的地方。

本來到處找也找不到白天的工作，結果當她恢復男兒身去面試，一下子就找到了。凪沙原是看在薪水豐厚的分上去應徵，正式上班後才明白公司為什麼願意給這麼高的薪水。

那是個純粹靠體力拚搏的職場。

凪沙過去以男人的身分工作時就是那種手無縛雞之力的人，所以第一天上工就累到虛脫。

其他員工不費吹灰之力就能搬起來的紙箱，到她手上立刻變得有如千金重，只能步履蹣跚用拖的。凪沙很擔心自己能不能勝任這份工作，幸好有個二十出頭，名叫純也的年輕前輩處處關照。
「你好沒力啊！」
純也說，不著痕跡地助她一臂之力。凪沙已經很久沒跟異性戀男性這麼頻繁地對話了，甚至已經好幾年沒踏出過新宿，所以莫名地緊張。
有一天，純也給她一枝筆，要她在安全帽上簽名。
他從第一天就要求凪沙簽名，凪沙也知道非簽不可，可偏偏怎麼也寫不下去，只好假裝沒聽見，日復一日地拖著。
但既然純也都直接拿筆給她，也只能簽了。
先在安全帽的姓名欄寫下「武田」二字，動作頓時停在半空中。
這個名字折磨了自己好幾年。
接著寫下「健二」的瞬間，淚水從凪沙眼裡奪眶而出。
「喂喂喂，你哭什麼呀。」
純也慌了手腳。
「我說了什麼不該說的話嗎？」
「沒有，別誤會，我只是想起某件傷心事。」
「那就好，別嚇我。」

見純也露出如釋重負的笑容，凪沙臉上也綻開笑意。

她發現自己不知不覺間對眼前的男性產生了好感。

「我回來了。」

最近一果經常去新宿的車站接她。

一回到新宿，凪沙就會換回放在置物櫃裡的女裝，戴上假髮。

「歡迎回來。工作如何？」

「嗯，還挺開心的。」

她說開心並不全然是謊言，能與純也一起工作確實很開心。純也有點像她的初戀情人，不是長得很像，而是體貼和溫柔的笑臉有幾分神似。她在國中的時候與初戀情人相遇，剛好是一果現在的年紀。

「一果。」

「什麼事？」

「妳有喜歡的人嗎？」

「怎麼突然問這個？」

「因為妳剛好是這個年紀嘛。」

「……沒有。」

「沒有啊，真無趣。」

「妳呢？」

凪沙提起初戀情人。

那是個心地善良，臉上總是掛著笑容的男孩，在班上不太引人注目。凪沙當時還無法理解自己為什麼會愛上同性，為此苦不堪言。

然而，就像大部分青少年墜入愛河的反應，凪沙也在憂傷情懷的推波助瀾下，衝動地向對方告白。

「真的嗎？」

一果在一旁吃驚地追問。

「當然是真的啊，妳這是什麼失禮的問題。我在放學後的體育館倉庫告白了。」

凪沙永遠也忘不了。

兩人面對面地站在夕陽灑落進來的小倉庫裡。

「什麼事？」

被凪沙約出來的男生說。

「我……」

凪沙往前跨出一步。

「我喜歡你。」

對方一時間沒有任何反應。

沉默橫亙在兩人之間，凪沙真希望自己能從這個世界上消失。

沒想到那個男生突然用力地抓住凪沙的手，吻上她的唇。

凪沙就這麼四腳朝天地倒在地上。

「搞什麼？」一果不解地問。

這時兩人剛好走到歌舞伎町。

「我也不知道。等我回過神來，只剩下自己一個人躺在倉庫裡。」

「然後呢？」

「然後彷彿什麼事也沒有發生過地繼續上學，他也彷彿什麼事都沒有發生過地畢業了。」

「搞什麼啊。」

「等等，妳只會說這句話嗎？跳芭蕾舞的人詞彙都這麼貧乏嗎？」

「這跟芭蕾有什麼關係。」

虧人家掏心掏肺地講出自己珍藏在回憶中最特別的往事，她的反應也太冷淡了吧？凪沙氣鼓鼓地邁開大步往前走。一果輕而易舉地跟上來，催她繼續說下去：「後來呢？長大後還談過什麼戀愛？」

看樣子，一果對愛情並非毫無興趣。

有朝一日，一果也會愛上別人，知道愛情是怎麼一回事，與某個人談戀愛、結婚、生子。

凪沙突然想到這些。

到時候，自己又會是什麼德性？

可以的話，無論站在什麼立場都好，但願自己能親眼見證一果經歷這些過程。凪沙看著已經習以為常，一果面無表情的臉，誠心祈求上蒼。

開始上班過了一陣子，凪沙與職場上的同事一起去喝酒。那是個氣氛輕鬆的餐會，兼有迎新的意思。成員包括純也在內，大家都是不拘小節、熱愛杯中物的人，凪沙很喜歡他們。

「武田先生，稍微習慣了嗎？」

純也喝到臉紅通通，一屁股坐在凪沙旁邊。

「多虧有你幫忙，已經習慣了。」

「太死板了，武田先生，你講話太死板了。」
「不好意思，因為我以前是業務員。」
「你幹過業務員啊，好厲害！像我就做不來。」
「怎麼說？前輩看起來完全可以勝任。」
「不可能不可能，我很害怕接觸人。」
很難想像這句話是從好幾次若無其事幫助凪沙的人口中講出來的。不過純也的樣子並非謙虛，而是真心這麼想。
「對了，武田先生結婚了嗎？」
「還沒。」
「有女朋友嗎？」
「也沒有。前輩呢？」
「我嗎，我正在徵女友。」
聽到他們的對話，醉醺醺的上司插進來說：
「純也男女通吃嘛，守備範圍很廣，真令人羨慕啊！」
上司被自己的形容逗得哈哈大笑。凪沙下意識地偷偷觀察純也的表情，只見他笑得一派從容。

「才不是！別胡說八道。」

「是你自己說的啊，說你會叫第三性的雞。」

「哎呦，我只叫過一次啦。」

所有人都被逗笑了，凪沙也只好陪笑。

「你在那個世界應該很受歡迎吧。」

上司的話引來哄堂大笑，凪沙擠出牽強的笑容。這個話題好不容易告一段落，上司又纏上另一位男同事。

「真受不了……」

純也用毛巾拭去額頭的汗水。凪沙望向一臉困窘的純也，他支吾地解釋：「不是他說的那樣。」

「我是去過那種地方，但我不是那種人。」

「那為什麼要去？」

凪沙情不自禁地問他。

「哪有為什麼，因為看起來都是女人啊。不過感覺怪怪的。武田先生也可以去見識一下。現在到處都有喔，那種店。」

「嗯……有機會的話。」

凪沙隨口回應，想起瑞貴。

那場騷動最後沒有演變成傷害事件，但是瑞貴又不知去向了。

凪沙還沒來得及謝謝她救了自己，也還沒為害她捲入這場是非向她道歉。

現在的她怎麼了？

眼前的人們臉上滿是被第三性公關的話題逗樂的笑容。雖說只是無奈附和，想起自己陪笑的行為，內心深處依舊有如針扎般地隱隱作痛。

◆

一果的表情變了。

實花看著正在自主練習的一果心想。

自從一果開始來實花的教室上課，已經過了好長一段時間。凪沙告訴過她，一果只是暫時轉學來這裡，所以她一直提醒自己，一果遲早會離開。然而最近卻開始浮現淡淡的期待，希望一果能永遠留下來。

這個少女如此專注的集中力到底是哪來的？

實花最近一直在思考這件事。

芭蕾舞確實需要身體上的條件，但強韌的精神也很重要。

一果在廣島究竟經歷了什麼？

因為本人絕口不提，所以無從猜測，只聽說她受到虐待。

一果原本就很認真練習，但最近的一果比以前更埋頭苦練。

眼前一果正在練習實花教她的奧傑塔獨舞。

獨舞是指一個人站在舞台中央跳舞。這是芭蕾舞最精彩的地方，所以有些演出曲目有很多獨舞的片段。像是《睡美人》裡歐若拉公主的獨舞、《唐吉訶德》裡邱比特的獨舞、《柯碧莉亞》裡史璜妮妲的獨舞。

光是《天鵝湖》中就有好幾幕女性獨舞的橋段，例如三人舞的第一女子獨舞和第二女子獨舞、奧吉莉亞及奧傑塔的獨舞等等。

一果選擇以奧傑塔的獨舞參加比賽。

「妳真的要在比賽上跳奧傑塔嗎？評審對三大芭蕾舞劇的標準會特別嚴格，對妳比較不利喔。」

三大芭蕾舞劇指的是柴可夫斯基的三大傑作《天鵝湖》、《睡美人》、《胡桃鉗》。評審可能會以更嚴格的標準看待這三支舞、要求更高的水準，所以很少人會在比賽上跳這三支舞。

「我想跳這支舞……」

一果筆直地看著實花的雙眼說。

「這樣啊……我明白了。」

實花苦口婆心地勸她換支舞，但一果心意已決，完全不為所動。既然她這麼想跳這支舞，也只能由著她去。實花只能祈禱一果能跳出讓評審滿意的奧傑塔。

一果無論如何都想跳《天鵝湖》。

她想戴上凪沙給她的羽毛頭飾，站在舞台上。

以前跳芭蕾是因為跳舞的時候能夠什麼都不想，如今開始想為別人而跳。

想讓凪沙開心。

想讓看的人開心。

總有一天，她想在大批觀眾的面前跳舞。

一想到這裡，內心便燃起熊熊火焰。遇見芭蕾舞以前，她從不知道自己內心居然有這麼熾熱的一面。

既然要挑戰高難度的劇碼，除了比別人更努力練習之外，別無他法。

一果比以前更認真地投入於自主練習。

看到這樣的一果，實花覺得差不多是時候了。

一果十二歲了。沒有時間了。

實花心急如焚。

在芭蕾舞的世界裡，十二歲是極為關鍵的年紀。

如果不趁年輕的時候飛出日本、去海外留學，就無法站上世界級的起跑點。在國內再怎麼努力，頂多只能像實花這樣，當一個舞蹈教室的老師。她想讓一果站上世界的舞台，成為專業舞者。她沒打算把自己的夢想寄託在一果身上，但她相信一果的天賦，一果肯定可以在世界級的舞台上開花結果。

不可否認，能不能成為芭蕾舞者，家庭的經濟能力至關重要。芭蕾從來不是一個公平的世界。

一果的家境沒有琳那麼優渥，如果要出國留學，一定得爭取獎學金。為了爭取到獎學金，必須盡可能參加大大小小的各種比賽，一步步地累積實力與成績。

如此重要的比賽，一果卻選擇以《天鵝湖》參加決賽……

比賽的日期一天天逼近，凪沙與一果正在試穿參加比賽的服裝。

一果在比賽上跳的曲目分別是預賽的《百萬小丑變奏曲》和決賽的《天鵝湖》。

當然沒錢置裝，只能用租的。她們去專門租舞衣的店，把所有看上眼的衣服從頭到尾都試一遍。若論衣服和化妝，凪沙可比一果專業多了。試了這件再試那件，其實還挺花時間。

「隨便啦，我累了。」

一果沒耐心地說。換來凪沙大發雷霆的教訓：「怎麼可以隨便，一定要打扮得漂漂亮亮才行。」

好不容易選好衣服，太陽已經下山了。

「今天在外面吃飯吧。」

「嗯。」

「妳想吃什麼？」

「肉。」

「吃肉會胖喔。」

凪沙恐嚇她。一果一臉不以為意的灑脫。

一果毫無保持身材的概念。不只是因為與生俱來擁有傲人的好身材，也多虧怎麼吃都不會胖的體質使然。

凪沙應一果要求，帶她去吃便宜的燒肉。以前經常和瑞貴去那家店，新宿的每個角落都充滿了她與瑞貴共度的回憶。

「我領到薪水了，今天可以大吃一頓。」

凪沙眉開眼笑地踏進店裡的瞬間，表情凍結在臉上。

凪沙上班的東鄰員工正在收銀機前排隊準備結帳，純也也在其中。

「多謝招待。」

純也等人向貌似負責買單的上司低頭致謝。

再繼續杵在原地不動，可能會與正要走出店外的他們碰個正著，但凪沙就像被施了咒語，動彈不得。

「怎麼了？」

一果問她，但凪沙答不上來。

下一瞬間，純也不經意地抬頭面向門口。

「吃得好飽……」

凪沙與純也四目相交，純也顯然馬上反應過來眼前的女人是誰，兩人的視線糾纏了好一會兒。

餐廳裡的鼎沸人聲聽在凪沙耳中有如無聲電影。不僅如此，她甚至陷入只有自己和純也在時間靜止的世界裡行動的錯覺。

然而，錯覺終究只是錯覺。

「歡迎再度光臨。」

在店員的吆喝聲響起的同時，上司一行人走向門口。凪沙心想這下子逃不掉的下一瞬間，純也挺身擋在凪沙前面。

「啊，前輩！接下來要去哪裡？」

「欸——你還要喝啊？該回家了吧。」

「別這麼說嘛，今天剛發薪水，夜晚還長得很不是嗎？」

「我花太多錢會被老婆罵耶。」

純也擋在凪沙面前，成功地轉移了上司的注意力。

拜他所賜，其他人並沒有看見凪沙，嬉笑怒罵地離開那家店。

「怎麼了？」

一果的詢問讓凪沙猛然回神。

即使在就座之後，凪沙也邊吃燒肉邊想著純也。

挺身而出保護她的純也應該不會洩漏凪沙的祕密，他不是那種人。所以不用擔心傳出流言蜚語，但凪沙還是很在意純也怎麼想。

更重要的是，明天要怎麼面對他。凪沙毫無頭緒。

結果到了第二天，凪沙依舊還沒想好要怎麼面對他。

但純也對她的態度彷彿什麼事都沒有發生過，坦誠得令凪沙跌破眼鏡。

「那個，昨天……」

凪沙開口，想解釋昨天的打扮，可是話到嘴邊又吞了回去。

感覺不需要對純也多做解釋。

凪沙也好、瑞貴也罷、乃至於洋子媽媽桑，世界上有許多像自己這樣的女人。

有人稱我們為跨性別者、有人稱我們為第三性、有人狗眼看人低地稱我們為人妖，但這些稱謂都無法抹滅我們的存在。

我們就只是存在於這個世界上，與大多數的普通人並沒有任何不同。

或許純也明白這點。從純也口中說出來的話也讓凪沙的懷疑變成確信。

「那家燒肉好吃嗎？」

再單純不過的問題讓凪沙感動得泫然欲泣，以笑容回應純也的笑容。

「嗯，很好吃。」

即使與凪沙她們不同，還是有人像純也這樣，願意理解她們。凪沙好想告訴瑞貴這件事。

8

或許是吃了太多燒肉，今天練習時身體不太靈活。

「一果，妳的動作太遲鈍了！」

氣得實花也對她說出重話，一果決定今天去公園自主練習的時候要比平常多練一倍的量。

明天就要比賽了，實花的指導從幾週前就一天比一天嚴厲。這對一果固然是件好事，但是對其他學生可不見得。並不是所有人都以參加比賽為目標，有人只是對芭蕾舞衣充滿嚮往，也有人只要能跟朋友一起快樂地活動身體就好了。那些人想必很難忍受原本開心跳舞的教室變成氣氛緊繃的空間。事實上，已經有一個學生退出了。一果猜想原因大概出在自己身上。

如果是自己退出，或許會有不少人樂見教室恢復原本悠閒的氣氛，不過一果壓根兒沒有要退出的意思。她已經找到絕對不能放棄的目標了，而且那不只是自己一個人的目標，同時也是凪沙的目標，更是實花的目標。

前幾天，練習結束後，實花私下約她吃飯，帶她到實花打工的義大利餐廳，給她菜單，要她想吃什麼儘管點。

一果猶豫了好久，最後點了奶油培根蛋黃義大利麵和披薩。實花擔心一果吃不完，但還是兩個都點了，想說萬一剩下了，她可以幫忙吃。沒想到剛練完舞的一果餓得前胸貼後背，幾乎一個人解決掉所有的食物。

「年輕真是太可怕了……」

實花瞠目結舌地打量一果纖細的腰，很好奇那麼多的食物到底都裝在哪裡。等一果連飯後甜點的蛋糕都吃得一乾二淨後，實花以鄭重的語氣問她：

「一果，妳將來想做什麼？」

經實花這麼一問，一果有生以來第一次認真思考這個問題。以前老師或同學也問過她將來有什麼夢想，她都說沒有，因為她真的完全沒有想過自己的未來。她只想從這個世界上消失。雖然過去認真地向姬蘭老師學舞，也不曾把芭蕾舞規劃進自己未來的藍圖裡。當時只是因為唯有專心練舞的時候可以什麼都不想，讓腦袋放空，甚至不會想到要從這個世界上消失的事。跳舞可以讓她盡歸虛無，彷彿自己真的已經不存在了，所以她心無旁騖地練舞。

可是，現在不一樣了。跳舞很快樂。因為很快樂，所以她想繼續跳下去。

「我想跳舞。」

一果只給出這個答案。

實花告訴她，長大以後也想繼續跳芭蕾的話該怎麼做，迫使一果正視芭蕾舞的世界有多嚴峻，並且傳授她具體的方法，教她窮人要怎麼在如此嚴峻的世界活下去。

「妳想出國留學嗎？」

「我不知道。」

姬蘭老師給她看自己在瑞士跳舞的照片時，一果不知道那是什麼地方，仍不由自主地對那個地方心生嚮往。同時也有所自覺，或許她只是嚮往年輕時的姬蘭老師穿著天鵝舞衣的模樣也說不定。

實花還簡單地向她說明芭蕾舞的歷史。一果甚至不知道芭蕾原來源自歐洲。聽實花說，在瑞士洛桑舉行的比賽特別有名，吸引了世界各地目標成為一流芭蕾舞者的人報名參加，一果對瑞士這個國名產生了強烈的反應，心想曾經在那個國家跳舞的姬蘭老師果然很了不起。

「妳想出國跳舞吧？」

實花又問了一遍。明明剛才還回答「不知道」，這次一果卻回答：「想。」

一果只是隨口說說而已，但是聽到自己肯定的答案，實花看起來好欣慰。一果雖然不敢太當真，也開始思考在國外跳舞的可能性。

以前住在廣島的時候，一果曾經趁母親喝醉熟睡，偷偷用她的手機看芭蕾舞的影片。也曾經渾然忘我地看了一整晚正牌姬蘭的舞蹈影片，差點因為用了太多網路傳輸量被母親發現。

讓她看到廢寢忘食的影片多半都是國外專業舞者的表演，想到自己或許也能站上海外的舞台，感覺站在香豌豆的舞台上跳舞時的激動再度湧上心頭。

一果以前只知道東廣島，就連東京對她而言都像是遙遠的外國，實際的外國則更接近於根本不存在的世界。一果很慶幸自己能從什麼也沒有的鄉下來東京，或許她真的能親眼見識外面的世界，就像從鄉下來到東京這樣。

「雖然很困難，但還是有希望喔。」實花說。

這句話讓一果恍然明白這陣子自己心裡模糊不清的感覺到底是什麼。

希望。

她這輩子從未想過希望是什麼，也不讓自己抱有希望。因為她早就知道希望不會實現。可是她現在有了別的想法，認為希望不會實現或許只是自己的錯覺。來到東京，想跳芭蕾的願望實現了。如今她有好多想做的事。

雖然還很模糊，但一果開始敢思考現在的事，甚至是很久很久以後的事。以前為了不要跌倒，她只敢低著頭、看著一步以內的範圍。但現在不一樣了。她開始敢抬起頭來，筆直地望向前方。

她想在國外的舞台上跳《天鵝湖》。

她想成為專業舞者，不只獨舞，還想跳一整幕。

一果懷抱著有生以來第一個希望。那種感覺很特別，讓一果覺得自己的人生完完整整地屬於自己。為了凪沙、為了實花、也為了自己，她想在比賽中獲勝。

為了贏得比賽，她只能盡可能多練習。

體內還塞滿燒肉，但是為了趕快開始自主練習，一果下課後小跑步地直奔回家。

這天是凪沙要去香豌豆上班的日子。一果總是在公園練習到凪沙下班，經過公園，兩人再一起回家。一果意外喜歡這段時光。

回到凪沙的住處，上樓途中聽見樓上傳來音樂。

音量很小，但一果的耳朵敏感地捕捉到旋律。

那是琳的新朋友以震耳欲聾的音量播放的音樂，電子樂的重低音縈繞在耳邊，揮之不去，肯定不會錯。

這麼說來——一果想起來了。那也是母親上班的夜總會每天都會播放的音樂。如今已經聽慣古典樂的耳朵覺得那音樂比以前更刺耳。

順著螺旋狀的樓梯往上爬，再爬幾階就能抵達自己住的那層樓時，一果倏地停下腳步。在幾十階前的樓梯間，有個人影坐在那裡。令人難以置信的大音量正從那人塞在耳朵裡的耳機流洩出來。

人影注意到一果，拿下耳機，慢條斯理地站起來。

「……我來接妳了。」

母親早織微笑著慢慢地從樓梯上走下來。一果下意識地往後退了幾步。

被她拋到腦後的現實一口氣逼近眼前。

一果有母親。

不愛她的母親。喝醉會打她的母親。儘管如此，早織還是一果的母親。

不用想也知道，在東京這段有如置身夢中的生活是有期限的，遲早要落幕。

這就是現實。

明明是現實，為什麼會覺得眼前的光景更像是一場惡夢呢。她不討厭母親。她真的不討厭母親，可是當母親出現在眼前，當母親靠近她，她卻嚇得魂飛魄散。

「媽媽啊，已經變了個人。」

大概是重新染過，比起金髮，更接近黃色的髮絲看起來莫名突兀。

「媽媽變了喔。」

一果面前的早織又重申一次，輕撫一果的臉頰。母親的手背有一枚小小的，以前沒有的刺青——

HOPE。

◆

比賽會場位於八王子的音樂廳，裡頭擠滿了要參賽的小孩。

一果在實花的建議下，報名八王子芭蕾舞大賽。據說在國內算是中型的比賽，參加者超過三百人，規模大到難以想像是中型的賽事。

凪沙只去過實花的舞蹈教室，所以沒想到有這麼多小孩都在跳芭蕾舞，令她大吃一驚。身旁的一果依舊面無表情，但畢竟已經共同生活了一段時間，凪沙可以察覺出她也很驚訝。

年齡層也很廣，從小學低年級到高中生都有。每個小孩都有母親跟著，人數之多，將音樂廳擠得水洩不通。

凪沙有點擔心，不曉得能不能在這麼多人裡面找到實花，幸好實花主動出聲叫她。看來凪沙的身影在人山人海中依舊顯眼。凪沙慶幸自己鼓起勇氣穿了她最喜歡的大紅色外套來。

「好驚人呀！這些人都要上場比賽嗎？」

凪沙大開眼界地讚嘆。實花笑著回答：「還有很多聲勢更浩大的比賽喔。」

「畢竟日本跳芭蕾舞的人口是世界上數一數二的多。」

凪沙再次體會到一果即將進入的世界有多麼競爭，為時已晚地替她感到不安。她對一果的天分深信不疑，可是看到這麼多芭蕾舞者，還是無法不擔心，該不會有很多人跳得比一果更好吧。

眼下有許多人分散在會場的角落練習，看在凪沙眼中，那些孩子無論身材還是舞藝都是專業級別。

凪沙在實花的催促下，排隊辦理手續，同時凝望站在遠處等待的一果。

一果獨自直挺挺地站著，有如迷路的小孩，凪沙一心只想趕快回到她身邊。

剩下一果獨自心不在焉地看著周遭談天說笑的親子，但其實她什麼也沒看進去。想起昨天的事，腦子裡風起雲湧。

昨晚，母親用力抓住一果的手，力氣大到幾乎抓痛了她。母親要她「去收拾行李，跟媽媽回家」，差點就要直接帶她回廣島。

早織強調經過那麼長時間與一果分隔兩地的生活，自己確實有所改變。為了戒酒，她還辭去夜總會的工作，如今靠打工過活。早織緊緊地擁抱一果，哭著說她再也忍受不了沒有女兒的生活。

早織還是那麼一意孤行。換作以前，光是聽到她的聲音，一果大概就會放棄思考，乖乖地跟她走。

然而這次，一果甩開早織不給商量餘地的手，靠自己的意志留下。

或許是一切都太出乎意料，如今再看到母親曾經令她望而生畏的身影，已經不覺得有那麼大的壓迫感。回過神來，自己的身高也已經跟母親相去無幾了。

「我死也要參加明天的芭蕾舞比賽。」

「妳那是什麼語氣？噁心死了。」

早織似乎很不滿一果染上了東京的氣息，但至少沒動手打她。一果心想，母親確實有所改變。

然而，無論一果再怎麼拚命地向母親解釋芭蕾對她有多重要、再怎麼拚命地向母親說明比賽有多重要，母親一個字也聽不進去。

看在母親眼中，一果跳芭蕾大概跟鬧著玩沒兩樣。早織完全感受不到對一果而言，芭蕾幾乎承載了她生命全部的重量。

一果已經開始絕望於無法參加明天的比賽時，腦海中突然閃過一個主意。她假裝要整理行囊，回到瓜沙的住處，接著從房裡上鎖，死都不開門。

早織一再敲門、按門鈴、要一果跟她回家，一果只是反覆哀求早織讓她繼續在東京待一陣子。

早織鍥而不捨地在門口僵持了好一會兒，或許是察覺到一果心意已決，撂下一句「我會再來的」就離開了。

一果抱著膝蓋，縮成一團地躲在壁櫥裡，內心滿是不安。

就算明天能參加比賽，真能繼續留在東京，繼續跳芭蕾嗎？

她才不想回廣島。

她想留在新宿，想留在瓜沙的身邊。

當她對一切漠不關心時，從未有過如此不安的感覺。這才明白原來當人找到關心的事物，居然會變得如此不安。

母親後來去哪兒了？現在在做什麼？她說還會再來，所以什麼時候會出現在自己面前？

一果心慌意亂地想著這些問題，直到辦完手續的凪沙叫她。此時，凪沙身邊還多了香豌豆的洋子媽媽桑、明菜、糖果等人。她們特地來為一果加油。

實花比照其他參賽者，在大廳的角落裡占了一個位置，開始準備為一果梳妝打扮。媽媽桑一行人自告奮勇為一果化妝。

「那樣不夠可愛，眼線要再強調一點。」

那三個人光是站著不動就夠引人注目了，如今又為了一果的妝容七嘴八舌地爭辯。眼看局面逐漸失控，實花大喝一聲：「我自己來就好了！」三人只好乖乖交出為一果化妝的權利。

化上舞台用的全妝後，就連一果也覺得自己的臉看起來好成熟。

化好妝的一果與凪沙及媽媽桑等人一起欣賞預賽。

芭蕾舞比賽的會場比較特殊，觀眾席前半部的位置全部空下來，只有五位評審坐在那裡，前方空無一人。

有個年紀比一果還小的少女正在舞台上跳舞。

一果對芭蕾舞的知識還不夠多，不知道那是什麼舞，只知道少女跳得很好。倘若這樣的少女真的多如繁星，那麼的確如實花所說，要在世界級的舞台上跳舞絕不是件容易的事。聽實花這麼說時，她還不太能理解，如今現實擺在眼前，活生生、血淋淋的現實。

一旁的洋子媽媽桑正與明菜竊竊私語。

「大家都跳得好好啊。」

「嗯，好緊張呀。」

「妳緊張個什麼勁兒，真是的。」

媽媽桑用手肘頂了明菜一下。一果壓低音量告訴凪沙：「我去上廁所。」小跑步地走向廁所。

就快輪到自己了，她卻完全無法集中精神。不只滿腦子都是早織的事，揮之不去，也因為是第一次參加比賽，一果有些膽怯。但她依然相信自己應該是有天分的人，所以實花老師才不遺餘力地支持自己。只不過，世上多的是有天分的人。

一果窩在洗手間裡，挽起衣袖。

自從凪沙答應讓她上舞蹈教室，一果幾乎不再咬自己的手臂了，所以手臂很乾淨。如今一果狠狠地咬住手臂內側。不過她還記得要咬在可以用衣服遮住的部位。兩條手臂沾滿了牙印和口紅，好不容易化得漂漂亮亮的妝可能要補一下了。

儘管如此，她依舊無法停下用力齧咬的行為。

早織來接她了。

從東廣島來接她。

凪沙還不知道這件事。她昨天晚上有好幾次想跟凪沙坦白，可惜怎麼也說不出口。

一果不知該如何是好，只能暫時將母親的來訪當成自己一個人的祕密。

「一果。」

外面傳來實花的呼喚，一果連忙放下袖子，離開洗手間。實花微笑著將自己的手機遞給她，一果不明所以地接過手機，拿到耳邊。

手機那頭傳來意料之外的聲音：

「一果嗎？」

已經有一陣子沒聽到了，但一果馬上認出琳的聲音。

「琳？」

「嗯，妳今天比賽吧。」

「嗯。」

「加油喔。」

一果很高興琳願意打電話給她。除了高興琳刻意打電話為她加油打氣之外，能再次聽到本以為再也聽不到的聲音也令她感動萬分。

上次凪沙問她有沒有喜歡的人時，最先浮現腦海的就是琳。她不知道該怎麼形容自己對琳的情感，可是現在光聽到琳的聲音，就有千頭萬緒湧上心頭。

「琳呢？妳在做什麼？」

「我在參加我爸公司員工的婚禮，無聊死了。一果呢？有沒有勝算？」

「嗯……昨天我媽從廣島來找我。」

「妳要回去嗎？」

「我不想回去。」

如果是琳，一果什麼都說得出口。她想再跟琳多聊一會兒。

「專心比賽吧，否則贏不了喔。」

「可是……」

「沒什麼好可是。妳要連我的份一起跳，如果妳不盡全力的話，我會生氣喔。」

一果噗哧一笑，她好懷念琳有點不可一世的語氣。

「嗯，我會努力。」

「很好，這才是我認識的一果，那我掛嘍。」

「等一下。」

一果下意識脫口而出，電話已經掛斷了。

「琳？琳？」

沒有回答。

她還有好多話想跟琳說，想從琳身上得到勇氣。

一果把手機還給等在一旁的實花，手不自覺地微微顫抖。

琳掛斷電話後，仰望東京一望無際、毫無遮蔽物的天空。

她站在大樓屋頂上的宴會空間，這個場地以能看到廣闊的天空為賣點，當天亦是藍得望不見一片雲的晴空。琳靠著架設在會場四周的圍欄，心不在焉地遠眺周圍的景色。放眼望去，三百六十度都是高聳入雲的高樓大廈。在這些摩天大樓上方展開的藍天看起來原該廣闊無垠，在她眼中卻有幾分侷促的窘迫。

會場到處裝飾著令人眼花撩亂的心型圖案，顯然花了很多錢布置，卻只讓人覺得落伍又沒品味。

有本事把會場搞得這麼沒水準的人，除了父親以外沒有別人了。

父親穿著西裝，母親抱著有如她的附屬品的狗，臉上掛著複製貼上的笑容，正在喝葡萄酒。

自從琳放棄芭蕾舞，幾乎再也不跟父母交流。

母親也不再提起芭蕾舞。她與母親原本就只有芭蕾這個共通話題，因此再也無話可說。

琳偶爾會去學校，不想上學的時候就跑出去到處玩，再不然就在家睡覺。父母也不再過問她在學校過得怎樣，就連形式上的交談也沒有，日復一日地過著這種生活。

琳每天晚上都跟亂七八糟的朋友鬼混、跟亂七八糟的男人交往，也初嘗了禁果，但這一切都味同嚼蠟。

她無法再對任何事產生興趣。

「小琳。」

母親叫她。

「小琳也長大了呢！以前明明還那麼小。」

大概是父親工作上認識的人吧。

他們熱烈地討論著琳小時候的事，話題隨即轉移到狗身上。

這隻狗叫什麼名字來著？琳努力回想，離開那群大人。印象中不是叫莉莉，就是叫克拉拉之類的。

一果已經開始比賽了嗎？

還是仍在做伸展操呢？

如果是小型的比賽，一果很可能獲勝。最後一次看到一果的芭蕾已經進步到這個程度了。

她很懊惱自己因為受傷無法站上舞台，但是仔細想想，這或許是好事一樁。

自己沒有天分。

芭蕾舞不是光靠家境富裕就能闖出一片天的世界。確實有很多芭蕾舞者來自富裕的家庭，但是沒有天分的人終究會慘遭淘汰。

之所以死都不肯出國留學，也是因為自己心裡有數。

之所以一直賴在實花老師的教室，也是因為實花老師的教室剛好符合自己的程度，出於這種狡猾的小心機。

自己從一開始就沒有實力，只是拚了命地努力練習，勉強當上小型舞蹈教室的領頭羊。

琳從口袋裡拿出智慧型手機，插上耳機，塞進耳朵。手機裡有許多芭蕾舞的曲子。琳點選《百萬小丑變奏曲》的音樂，播放。

一果還記得我說過，如果要參加比賽，希望她和我一起跳《百萬小丑變奏曲》嗎？

琳想起忘了是什麼時候，實花老師向她說明過這支舞。

這支舞的故事是描寫到了晚上就會翩然起舞的小丑。

聽完那個故事，琳就覺得她一定要跳這支舞。即使是平常失去自由的小丑，到了夜深人靜也能自由地翩然起舞，簡直就是跳芭蕾舞時的自己。只有在跳舞的那一刻，琳是自由的。

「一果！」

洋子媽媽桑渾厚的吆喝聲響遍整個比賽會場。

「媽媽妳太吵了！」

明菜提醒她的時候已經太遲了，觀眾席響起忍俊不住的竊笑聲。

評分在鴉雀無聲的情況下平靜地進行。評審們臉上的表情始終如一，看起來甚至有幾分令人毛骨悚然的味道。

凪沙坐在最角落的位置注視著舞台，心臟幾乎要爆炸了，終於等到一果上台表演。

「六十八號，櫻田一果。《百萬小丑變奏曲》。」

司儀的聲音傳遍整個會場。

評審們端正坐姿，注意力集中在舞台上。

音樂響起，《百萬小丑變奏曲》是很可愛的舞蹈。凪沙和一果一起選了黑底上有金色刺繡，看起來很成熟的服裝，好讓一果完全展現出洋娃娃的氣質。一果以宛如從舞台旁邊窺探舞台的方式登場，只一瞬間就緊緊地抓住了觀眾的心。看起來一點都不像只有十二歲的姣好身材，與俏皮的舞步形成強烈對比，讓觀眾捨不得移開視線。

「你看你看，那個小孩跳得真好。」

其他家長的讚嘆聲從觀眾席傳入凪沙耳中，令她與有榮焉。

「那個真的是一果嗎？」

媽媽桑等人也都一副不敢置信的模樣。一果站在舞台中央，食指抵住唇瓣，比出噤聲的手勢。請保持安靜，別讓人類發現。淘氣的動作真的好像洋娃娃。剎那間，從空氣的流動不難發現，觀眾完全被帶進她的世界裡了。一果踩著歡快的舞步，輕盈地轉圈。

她的一舉手、一投足都洋溢著自由的喜悅。

同一時間，琳拔掉連接手機的耳機，會場裡突然響起《百萬小丑變奏曲》的音樂。突如其來的狀況引起賓客間一陣嘩然，琳踩著精靈般的輕盈腳步翩然起舞。意料之外的舞蹈讓所有人都安靜了下來。

琳有如站在舞台上，逕自舞動不停。這是她征戰各大比賽跳過無數次的曲子。她甚至忘了腳受傷，盡情地舞動身體。

「叫她別跳了吧。」

父親想上前阻止，被母親攔住了：「不礙事的。」母親看起來很欣慰的樣子。
起初對琳突然跳起舞來感到一頭霧水的賓客們，陸續沉醉在琳的舞蹈中。
琳有如穿梭於花叢間的彩蝶，在身穿正裝的賓客之間翩翩飛舞。即使是小丑，也能隨心所欲地舞動奇蹟。
琳從未舞得如此自由。
她覺得好快樂。
「好厲害。」
「看起來好專業。」
周圍響起此起彼落的讚嘆聲。
我又能站在舞台上了。
琳以專業舞者的姿態旋轉跳躍。

另一邊，在比賽會場裡，一果的舞蹈也進入最後的高潮。
所有人都被一果的舞蹈吸引住了，就連評審也情不自禁地往前傾。通過預賽已是板上釘釘的結果。
一果擺出最後的姿勢。

當她放開姿勢，優雅地行禮，會場響起如雷的掌聲。

與此同時，琳在宴會會場踩下最後一個舞步。

媽，妳看，我在跳舞喔。

琳打母親面前穿過，高高地縱身一躍。

她跳得又高又遠，彷彿要擁抱整片天空。

琳在大人們一手端著香檳酒杯的注視下，就這麼跨過圍欄，破空而去。

預賽結束後，大批參賽者與家屬各自在大廳圍成一個又一個的小圈圈。

休息時間結束後就是決賽了。凪沙重新幫一果綁好頭髮，送她迎向決賽。

雖然尚未正式公布，但實花拍胸脯保證一果肯定能通過預賽。

「一果，加油。」

凪沙溫柔地看著一果。

周圍此起彼落傳來對一果的評價。

「我看到六十八號的小孩了。」

「她跳得好棒啊，應該有機會爭取勝利。」

凪沙感到十分自豪。
她決定為一果的夢想付出自己的人生。
她已經不覺得為一果工作、想方設法賺錢是一種犧牲。拜一果所賜，她也能一起做夢。
凪沙滿腦子都是一果光輝燦爛的未來，完全忘了這是個期間限定的美夢。

一果站在舞台邊。
身上穿著《天鵝湖》中奧傑塔的衣服，頭上戴著凪沙給她的羽毛頭飾。當她告訴凪沙自己要戴她的頭飾上台時，凪沙感動得痛哭流涕。看到凪沙堅持說她沒哭的臉，一果認為選這支舞真是選對了。
可是她現在卻後悔得要死。
實花警告過她無數次，評審對奧傑塔的要求特別嚴格。
但一果置若罔聞，以為自己一定有辦法讓評審滿意。她怎麼會這麼天真呢？
看到評審一臉嚴肅地坐在觀眾席，一果的腿都要軟了。
身旁的實花露出前所未有的僵硬表情。決賽時，教練也要在舞台旁邊待命。
決賽的舞台邊充滿了與預賽完全不同等級的緊張氣氛。

一果腦中一片空白。

昨晚早織突然來找她、琳的電話、以及眼前的奧傑塔。

每件事都令她難以招架，偏偏全都擠在一起發生了，一果簡直無法負荷。

她已經努力地練習過奧傑塔的獨舞了。

一果拚命安慰自己沒事的，不要緊張，但是怎麼可能沒事，怎麼可能不緊張。

「六十八號，櫻田一果，選自《天鵝湖》第二幕的奧傑塔獨舞。」

耳邊傳來司儀的聲音，一果的腳完全不聽使喚，彷彿釘死在地上，動彈不得。

實花在舞台邊慌了手腳。

「一果、一果！」

實花小聲地喊了她好幾次，一果終於反應過來。

「麻煩你再來一遍。」

實花向司儀低頭懇求，於是司儀又說了一遍。

一果終於踏上舞台，擺好姿勢，音樂開始播放。

可是一果卻不開始跳舞，只是擺著姿勢，像根柱子似地杵在台上。

凪沙立刻發現一果的異狀。

「一果為什麼不跳舞？還是舞步就是這樣？」

媽媽桑猛搖凪沙的手臂，壓低聲音問她。
只有音樂逕自播放，觀眾席的竊竊私語越來越大聲。
不一會兒，連音樂都停了。
一果還保持開舞的姿勢，動也不動地站在舞台上。
彷彿失去靈魂的木偶。
救救我。
一果面無表情地在心中吶喊。
以前的她一無所有。
可是現在不一樣了。
一旦得到過什麼，就會開始害怕失去。
她不想失去。
她想求救。
一果又在心裡吶喊了一次。
救救我。
一果的視線在會場內游移，彷彿在尋找救星。
「……媽。」

不經意脫口而出。

就連凪沙也聽見她的呼喚了，一時間動彈不得。

居然是母親，她最後喊的居然是母親。

儘管如此，還是只有自己能保護一果。凪沙正要起身衝向舞台時，有個女人一陣風似地越過她，義無反顧、手腳並用地爬上舞台，緊緊地抱住一果。

是早織。

一果看到早織，茫然地看著她的臉。隨著早織一次又一次溫柔撫摸她的頭，淚水止不住地順著一果面無表情的臉龐滑落。

「救救我。」

一果把臉埋在早織胸前，早織將一果擁入懷中，就像母鳥挺身保護牠的蛋。

「妳是我的女兒，我會保護妳。」

工作人員一臉困窘地走向緊緊相擁的兩人。

凪沙靜靜地離開座位，走出會場。

9

確實能感受到春天的氣息了。

凪沙在約定見面的咖啡館裡故意選擇露天的座位，內心閃過這個念頭。風吹在身上還有點寒意，不過陽光確實帶了點萬物甦醒的春日氣息。

自從一果被帶回廣島，已經過了一年。

芭蕾舞比賽那天，早織幾乎是扶著一果，帶她回家，其後也切斷了所有凪沙與一果的聯繫，只透過凪沙的母親傳話，要她把一果的行李寄回去。凪沙相應不理後，早織也沒再糾纏，因此凪沙的房間裡至今仍殘留著一果的氣息。

在那之後，凪沙一直回想比賽那天發生的事。

那天看到一果和早織在舞台上緊緊相擁，凪沙受到相當大的打擊，覺得早織搶走了自己的地盤。明明只有自己能保護一果，一果卻只要母親。

無論凪沙再怎麼渴望，都無法成為她的母親……

冷靜下來仔細想想，不是早織搶走她的地盤，而是自己試圖取代早織扮演的角色。她想成為一果的母親。

她以為自己所有的努力都是為了一果，但是說穿了，其實都只是為了自己。

一果離開後，生活一下子少了好多花費，但凪沙仍繼續在東鄰上班，也繼續在香豌豆表演。如果不多接一點工作，強迫自己出門活動身體，她可能會一直像團爛泥似地癱在家裡。

不只一果，後來她也經歷過好幾次與工作上認識的人離別。畢竟人妖秀舞廳和貨運業都是人員變動十分頻繁的行業。就連始終保持著恰到好處的距離，彼此相濡以沫的純也，也調到別的單位去了。

即使身邊的同事換了一輪，日子仍一天天過去。少了一個人的蘿蔔坑遲早會有人來填滿，巧妙地讓人忽略那裡原來有一個洞。

唯獨一果不在的洞始終無法填補。

「妳的氣色看起來不錯。」

抬起頭來，眼前是瑞貴的臉。她最近經常和瑞貴相約見面。再次見到她時，瑞貴的眼神已經恢復凪沙熟悉的神采。

「妳也是。」

這是凪沙的真心話。

自從發生過那件事，瑞貴的人生整個調整了方向。

「如何？很忙嗎？」

「嗯，還好。我剛成立事務所。」

瑞貴與開公司的男朋友分手，取得代書的資格，還開了事務所。

經歷過一連串的騷動。瑞貴立下遠大的目標。

我要成為政治家。

瑞貴大聲宣布，開始用功讀書。現在邊當代書賺取生活費，同時打算參選區議員。

「沒想到妳真的要從政了。」

凪沙微笑說。瑞貴也想起她們在香豌豆說的玩笑話，噗哧一笑。或許瑞貴真的能掀起香豌豆革命也說不定。瑞貴正經八百地穿著看起來很有質感的套裝，而不是以前在大賣場買的便宜套裝，看在凪沙眼中已是精明幹練的女性議員。

「這句話等我真的選上再說。」

「妳一定沒問題的。」

要是瑞貴真的當上政治家，但願她能發起各式各樣的改革。近年來有許多跨性別的政治家誕生，但願她們能繼續革命，但願有朝一日，世間萬物皆能平等，不再有跨性別這種標籤。

「這個給妳，我想應該是最後一筆了。」

瑞貴從皮包裡取出信封。

「都說不用急著還了。」

「這可不行，妳點一下。」

凪沙檢查信封裡的金額。這麼一來，自己借給瑞貴的錢就全部收回來了。

「好不容易啊。」

瑞貴說，凪沙也點頭表示同意。她接下來要去泰國做性別重置手術。

這一年來，凪沙埋頭苦幹。除了東鄰和香豌豆的工作以外，假日還去兼差當警衛。完全不在外頭吃飯，縮衣節食，存了一筆錢。再加上瑞貴還她的錢，總算湊齊五百萬圓的門檻。

「終於走到這一天，妳找到理想的醫院了嗎？」

「因為預算很緊，還是有一部分得靠自己張羅。」

凪沙自己訂了泰國的便宜住宿。

有很多性別重置手術的行程會包含飯店，但是凪沙沒有那麼多預算，只好一切親力親為。

「加油。」

瑞貴臨走前輕輕地抱了凪沙一下。

留下凪沙獨自一人，從錢包裡拿出一果的照片。那是預賽時拍的照片，是她硬跟實花老師要來的。

這一年來拚命工作的同時，凪沙也冷靜下來思考。

當時，一果尋找的到底是誰。

一果喊的那聲「媽」到底是在喊誰。

起初只是凪沙一廂情願的妄想，可是隨著日復一日，不斷回想那天發生的事，她開始產生了確信。

一果喊的是自己。

動完手術後，她要馬上回日本。

去接一果。

沒錯，去接我的女兒。

◆

一果在浴室裡面無表情地看著排水孔吸納了從自己手臂流下的血液。

回到東廣島以後發生的事，她幾乎都沒有印象了。

什麼都不想是最輕鬆的選擇。

只要東京的回憶有一絲一毫想要冒出頭的跡象，她就用力咬自己的手臂。最近光靠用咬的已經壓不住了，她甚至學會用美工刀割自己的手。

世人稱這種行為為自殘。

今天也想起琳，在手臂上割了一刀。

她隔了很久以後，才知道琳跳樓的事。因為她是從比賽會場被硬生生地拖回廣島，根本沒機會跟任何人說上話。

聽說琳在大樓的屋頂上與一果同步跳了《百萬小丑變奏曲》，然後從屋頂上一躍而下。

一果還以為自己是世界上最不幸的芭蕾舞者，但事實並非如此。

一想到這件事，一果就忍不住拿起美工刀。

她沒有一天不想起凪沙和琳，但是別說回東京了，早織甚至不讓她與在東京認識的人聯絡，防得滴水不漏。一果曾經想盡辦法躲過她的監視，打電話給凪沙，但凪沙沒有接。好不容易聯絡上實花老師，結果從實花老師口中得知琳的死訊。

早織很快就發現一果偷打電話的事，對她的監視更加嚴格。

既然不能打電話，一果只好從香豌豆的官網上找到電子郵件的地址，寄信給凪沙，結果也被早織發現，大受打擊的早織還鬧出一場自殺騷動。明知早織只是自導自演，一果仍不得不放棄聯絡凪沙等人。光是想到自己身邊可能會有人死掉，她就無法忍受。

除了因為害怕一果離開自己，對一果的束縛近乎異常外，早織確實如她自己所說，完全變了一個人。性格依舊強勢，但已經全面戒酒，認真工作來養育一果。還交了一個以前曾經是暴走族的男朋友，過得很幸福。

或許是基於贖罪的心情，早織動不動就問一果想吃什麼、想要什麼，而且也儘量滿足她的需求。唯獨跳芭蕾舞這件事，就跟去找凪沙一樣，都屬於禁止事項。

早織恨透了芭蕾。

「跳芭蕾舞能幹麼。」

這句話如今已經成為早織的口頭禪。

一果抱著一絲希望，前往以前向姬蘭老師學舞的公園，遍尋不得姬蘭老師的蹤影。再不死心地跑去以前警官帶走姬蘭老師送她回去時，姬蘭位在公園附近的家，然而現在的住戶是一對年輕夫婦。

有人說她死了，有人說她回瑞士了，流言有一千種聲音。

一果無可奈何，試著像以前那樣，利用公園的單槓偷偷練習，但是沒多久就放棄了。廣島是個小地方，在公園裡練舞，萬一成為左鄰右舍的談資，光是想像早織不曉得又會引起什麼樣的騷動，一果就感到不寒而慄。

如今只有劃破皮膚，看到血流出來的那一刻才有活著的感覺。

「一果！妳在家嗎？」

耳邊傳來刺破耳膜的喇叭聲，是一果的朋友。

一果這一年來越長越好，完全長成模特兒體型。面無表情與沉默寡言還是老樣子，但是想接近一果的男男女女依舊不停找上門來。有人說她在東京當過模特兒，有人說她曾經為唱跳團體伴舞，空穴來風的謠言傳得煞有介事，再加上一果從不否認，所以不知何時開始，一果在朋友間被捧成特別的存在。

「大家都到了，一果也來吧。」

從公寓的窗戶往外看，最近有事沒事就纏著一果的同班女生，正跨坐在貌似男朋友的金髮男摩托車後座，朝她頻頻招手。一果微微頷首，也沒有照鏡子，就抓起身邊的外套出門了。

一果對那個女生既沒有好感也沒有反感，只是有人找她，她就出去玩。早織對芭蕾及凪沙以外的一切皆採取放任主義。對她來說，與其跳芭蕾舞，她還寧願女兒變成不良少女。

「我出去了。」

早織點頭，目送女兒出門。

早織輕輕地呼出一口氣。

為了搶在一果前面接電話，一果在家的時候，她總是繃緊神經。

她不打算讓一果知道實花至今仍頻繁地打電話來。

「求求妳，一果有躍上世界舞台的天分。」

「我最討厭芭蕾舞了，跳那種舞能幹麼。」

「可是……只要妳看過一果跳舞的樣子……」

實花每次都鍥而不捨地請求她。

早織沒看過一果跳舞的樣子。她去比賽會場只是為了帶一果回家。從一果透露的比賽訊息中鎖定那個會場，到場的時候，決賽已經開始了。

不過，早織只要看到一果決賽時的反應就足夠了。

只要看到一果求助的模樣，就不可能再讓一果跳芭蕾舞。

這件事給了早織足夠的底氣昭告天下，不讓一果繼續跳芭蕾舞是為了她好。

然而，早織自己其實也心知肚明，她懼怕芭蕾。

她不想讓一果接近那些不只會帶她去東京，甚至會帶她飛向世界的人事物。

一果要在自己的身邊，跟自己一樣，在廣島長大成人，在廣島結婚，在廣島過一輩子。

早織認為一果現在只是處於叛逆的青春期。

自己也是這樣長大的，不想聽父母的話，成天跟壞朋友鬼混，還做了些壞事。可是現在還不是認認真真地工作養小孩。任誰都有過那樣的青春期。

她不能理解那些非親非故的外人憑什麼跳過自己，對一果的人生下指導棋。

心煩意亂地嘆氣，手機響起。

看了一眼螢幕，是凪沙的母親和子打來的電話。

同班女生說大家都到了，帶一果去便利商店。說到同伴們每次集合的地點，基本上都是便利商店。既不用花錢，夜晚也燈火通明。血氣方剛的男生會找臉上寫著不以為然的客人麻煩，一副「這裡是本大爺的地盤，你有什麼意見嗎？」的囂張樣子。

從大搖大擺停在入口的改裝白色摩托車上傳來之前聽過的那首歌，音量大到震耳欲聾。那是早織上班的夜總會時常播放的音樂，也是一果最討厭的舞曲。早織至今仍經常聽這首歌。一果想聽古典樂，但早織認為古典樂與芭蕾舞是一組的，所以不讓她聽。

把一果找來，可是其實也只是點頭之交的女同學黏在一果身邊，刻意用與一果很熟稔的語氣裝模作樣地嬌嗔：

「那件衣服好好看呀！可是人家又沒有錢，可是如果沒有那件衣服，不曉得要穿什麼去見男朋友，妳覺得人家該怎麼辦才好？」

一果打從心底覺得這問題愚不可及，根本懶得回答。對方也不放在心上，繼續喋喋不休。

便利商店的四周是一望無際的田園風光，即使是白天也安靜到不行，女同學的聲音聽得一清二楚，沒有受到任何阻擋。

如果這裡是新宿的話……一果心想。

一果喜歡新宿的喧囂，那個城市的喧囂不只是純粹的噪音，而是雜七雜八地混合了各種人生的聲音，莫名地令人放心。當她在鬧區的正中央練舞，明明沒放音樂，那些喧囂擾攘聽起來竟有如古典音樂。

「一果下次也一起去買衣服嘛。」

「我沒興趣。」

這是一果今天對女同學說的第一句話，大概也是最後一句話。
「一果真好，穿什麼都好看。」
明明一果只說了句「我沒興趣」，女同學卻激動得彷彿已經成了一果的閨密。
這時，有輛車駛了過來，是輛車身很低的高調跑車。
「誰啊？」
一果的朋友竊竊私語的同時，有個身穿工作服的男人下車，是早織新交的男朋友。
「妳媽在找妳！跟我來。」
男人抓住一果的手臂，同伴們立刻蜂擁而上。
「你是什麼人？找一果做什麼？」
同伴們虛張聲勢地試圖嚇阻男人，可是沒兩下就被男人大喝一聲：「不關你們的事！」嚇得一哄而散。
一果想起早織曾經很得意地說她的新男友比她年輕，曾經是暴走族的老大。
「要去哪裡？」
一果問，依男人吩咐地乖乖繫上安全帶。
「我哪知。妳媽只叫我帶妳去妳姥姥家。」
他口中的姥姥家是一果曾外婆的家。曾外婆和早織的母親、凪沙的母親一起住在空曠有餘、破破爛爛的房子裡。曾外婆年事已高，早織的母親也纏綿病榻，由凪沙的母親獨力照顧她們。

問歸問，但一果其實並不在乎要去哪裡。

田埂從馬路兩旁無邊無際地向外延伸，幾乎讓人陷入車子完全沒有在前進的錯覺。一果聽著令人昏昏欲睡的引擎聲，一心只想趕快回家。唯有快點獨處，快點看到鮮紅的血液，她才有活著的感覺。

凪沙在泰國動完手術，也沒好好靜養就馬上趕回日本，而且一回日本就立刻趕赴故鄉東廣島。

拖著剛動完手術的身體，再加上舟車勞頓，凪沙感到異常疲憊，可是再怎麼疲憊都敵不過她想早點見到一果的心情。

上次踏上故土是幾年前的事了？

她還以為終其一生都不會再回來了。

看到鄉下的風景，胸口為之一緊，就好像打開時光膠囊，往日情懷一股腦兒湧上心頭。明明已經變成凪沙，一步一腳印地確實走出自己的人生，如今卻彷彿回到了膽怯的、只知道看母親臉色的孩提時代。

她事先知會過母親自己要回來的事。

也表達了她想帶一果回新宿的事。

老家幾乎還是記憶中的模樣，牆壁之類的當然已經澈底變了顏色，但是依然能給凪沙造成相當大的壓迫感。

凪沙在老家前下計程車，按門鈴。

出來應門的和子起初一臉詫異地看著凪沙，一時間認不出她是誰，隨即從凪沙有特色的五官認出來是自己的孩子，大驚失色地跌坐在地上。凪沙扶起嚇得站不起來，一臉失魂落魄的和子進屋。

從和子口中知道她要來的早織也在屋子裡嚴陣以待。她應該也是第一次見到變成女人的凪沙，不過她的反應十分鎮定，只以挑釁的眼神瞪著凪沙。早織顯然也想做個了斷。

「健二，你怎麼打扮成這樣……」

好不容易才鎮定下來的和子問。凪沙看了看自己的打扮，黑色連身洋裝走低調奢華路線，紅色的指甲油與口紅非常適合自己。她想告訴母親自己的打扮沒有任何瑕疵，但母親大概不會懂吧。

「媽，我啊，雖然有男人的身體，心裡卻住著一個女人，只是不幸生為男人。」

凪沙端正地跪坐在座墊上，與和子面對面，向她說明自己是跨性別者。可惜和子從頭到尾都一臉「你在說什麼」的不理解表情，也絲毫沒有要理解的意思。只是縮著身子，用看到髒東西似的眼神望著凪沙。

凪沙只想快點帶一果回東京。為此也必須讓母親理解自己是女人，可以成為一果的母親。

凪沙是真心如此相信著。這一年的孤獨時光，已經足以讓凪沙心中萌芽的故事發展到這個地步了。

所以她認真地、熱切地、有耐心地繼續說明。

早織面無表情地冷眼旁觀她拚命解釋的模樣。當早織收起所有的表情，簡直是一果的翻版，令凪沙感到呼吸困難。

「媽媽求你，去醫院接受治療吧，健二。」

和子低聲下氣地哀求。凪沙解釋了半天，她顯然一個字也沒聽進去。

「媽，我沒有生病，所以也治不好。」

聽見凪沙這麼說，和子痛哭失聲。

凪沙深深嘆息，看來是無法得到母親的理解了。話說回來，會丟掉少女漫畫的母親本來就不可能理解。

自己已經不存在了。從不再是健二的那一刻起，自己就不是母親的孩子了。
凪沙有點後悔回老家。
或許她不該硬要分出個青紅皂白，或許突然出現在一果面前，像是私奔似地帶她回去比較好。
可是這麼一來，早織可能又會來搶走一果。
至少得跟早織做個了斷才行。
凪沙直勾勾地盯著早織，早織也目不轉睛地瞪著凪沙。
耳邊傳來車子的引擎聲。
「我把人帶回來了。」
素未謀面的男人走進來，早織簡短地向對方道謝。
這個死丫頭。凪沙在心裡痛罵早織。這傢伙肯定是早織的新男人。
凪沙早已將自己曾經同情過早織的遭遇、對此產生共鳴的事忘得一乾二淨。早織在她心裡的形象早已定型為虐待一果的壞媽媽，否則一果由凪沙守護的故事就無法成立了。
一果尾隨在男人身後現身。光是看到站在門口的一果，淚水便潸然落下。
距離比賽那天，已經過了多久？

凪沙沒有一天不思念一果。

一果也熱淚盈眶地看著凪沙。凪沙變了好多，雖然用濃妝勉強掩飾，依舊掩不住滿臉的憔悴與疲憊，簡直跟病人沒兩樣。看得出來上了粉底，但臉色還是難看得不得了。

紅色的口紅和指甲油可以說是凪沙的象徵，但過於鮮艷的紅色反而顯得突兀，令人看了於心不忍。

一果走向凪沙，凪沙直直地盯著一果看。

她們眼裡心裡早已沒有別人。男人聲稱自己還有別的事，頭也不回地轉身就走。

成長得很快的一果比以前更美了。光滑小巧的鵝蛋臉和細緻修長的頸項、從位置比一般人高的腰部筆直往下伸展的長腿、柔弱的手臂。凪沙認為一果的身材生來就是為了成為芭蕾舞者。

「這傢伙說要來接妳回去。」

早織臉上掛著鄙夷的淺笑，語帶輕蔑地說。

「一果，跟我回去吧。」

凪沙站起來，握住一果的手。

「開什麼玩笑！一果是我的女兒。」

情緒激動的早織想拆散她們緊握的手，但凪沙早已不把早織看在眼裡。

「妳不能待在這裡，妳要回去跳舞。」

凪沙一心只想快點帶一果離開這個小鎮，讓她回到芭蕾舞的世界裡。她認為這是自己的使命，認為自己就是為此而生。

「你這個手腳不乾淨的人妖在說什麼鬼話？」

「一果，跟我回去吧。」

凪沙抓住一果的手，感覺有點不太對勁，挽起一果的衣袖，看到手臂上無數自殘的傷痕，那一瞬間，淚流滿面的同時也感受到強烈的憤怒。一方面是對早織的憤怒，另一方面是對自己沒能保護好一果的憤怒。

「搞成這樣……不就不能穿舞衣了嗎……」

沒聽過哪個芭蕾舞者手上滿是傷痕。

凪沙邊哭邊小心翼翼地撫摸一果的手，然後用力地抱緊她。

「沒事了，沒事了。」

一果也回抱凪沙。

「嗯。」

早織看到兩人緊緊相擁，漲紅了一張臉，想要擠進兩人之間。

「一果，別擔心，媽媽會保護妳的。」

凪沙緊緊地抱住一果，死都不放手。早織突然繞到凪沙背後，從背後架住她。

還是一樣沒什麼力氣的凪沙輕易就被早織拉開了。

「我也是拚了命地在保護她呀！妳根本不知道一個女人要獨力帶大孩子有多麼不容易！」

「妳這個花痴根本沒有保護過她吧！一果的手都傷成這樣了！妳到底在想什麼！」

凪沙氣到失去理智，甩了早織一巴掌。誤入歧途時成天都在打架的早織也不是省油的燈，一把抓住凪沙的頭髮，不料只扯下她的假髮。

和子驚慌失措地輪流打量短髮的凪沙和長長的假髮。

早織扔掉假髮，撲向凪沙。兩人大打出手，客廳瞬間化為戰場。一果與和子不知所措地茫然佇立。已經完全失去理智的早織與凪沙扭打成一團。

凪沙掙脫早織的箝制，想抓住一果的手。早織立刻察覺她的企圖，揪住凪沙的後領，幾乎是以過肩摔的方式將她甩開。

「混蛋！混蛋！」

凪沙倒地的同時，空氣中響起布撕裂的聲音。

凪沙掙扎著起身，和子發出慘絕人寰的尖叫聲。

凪沙的衣服破了，露出胸部，明顯的隆起裸露在眾人面前。

早織把一果拉到自己背後，目光冷冷地看著凪沙。

像是混亂、又像困惑的表情凝固在一果臉上。

「妳這個怪物……給我滾出去。」

早織面無表情地撂下狠話，這句話沒有傷到凪沙分毫，反而是一果的表情令她大受打擊。

因為她滿心以為一果會為她高興。

凪沙慢慢地站起來，攏緊胸口的衣服，站在一果跟前。

「一果，我啊，已經變成女人了，所以也能當母親喔。我能成為一果的母親。」

凪沙靜靜地說。然而，一果只是露出不知所措的表情，一臉隨時都要哭出來的窘迫。

凪沙定定地凝望一果，彷彿要把她烙印在視網膜上，勉強自己擠出一抹微笑，輕輕地擁抱了尚在茫然的和子一下。

永別了，母親。請妳保重身體。

這輩子大概再也不會踏進這個小鎮一步了。

凪沙套上紅色高跟鞋，用外套遮住裸露的胸部，走出家門。

感覺一果好像追了出來，可惜只是錯覺。

凪沙獨自走在田埂上。

從手術前就開始累積的疲勞一口氣排山倒海而來，累得幾乎站不住。但凪沙仍擠出最後一絲力氣，繼續往前走。

凪沙回到東京後，開始過著足不出戶的生活，最多只到便利商店買東西，而且買完東西馬上回家，什麼都不想，就只是昏睡、醒來、再昏睡。如此這般，日復一日。

家裡的壁櫥還留有一果蓋過的棉被和一果用過的碗筷。即使事過境遷，只要閉上眼睛，就能感覺一果還在身邊。

可是每次當她急忙睜開雙眼，永遠只有自己一個人。

過了一個月這樣的生活，凪沙再也提不起勁來做任何事。

就連香豌豆的媽媽桑打電話給她，她也提不起勁來接，每次都假裝不在家，久而久之，媽媽桑也不再打來了。手術後的定期保養明明比什麼都重要，她卻連這點都已經不在乎了。

就這樣吧。夢想本來就不可能實現。

變成女人是她的夢想。她想變成女人、變成母親。而且不是其他人的母親，她只想成為一果的母親。

10

距離凪沙去東廣島，已經超過了一年的時間。
今天，一果就要從國中畢業了。
早織為了出席她的畢業典禮，邊打扮邊回想那天發生的事。
那天，凪沙離開時，一果想追上去。
早織不認為一果會拋棄自己，選擇凪沙。一果可能只是覺得踽踽獨行的凪沙太可憐，想說點能讓她打起精神的話。
然而，擔心一果會去找凪沙的恐懼完全占據了早織的理智，早織對一果的監視更加嚴密，禁止一果接觸所有可能會跟凪沙扯上關係的人事物。
從此以後，一果再也不跟任何人說話。一果原本就是沉默寡言的孩子，所以早織拚命安慰自己不要多想，可惜終究無法說服自己。待她意識過來，一果已經澈底地鎖上心門，把包括早織在內的世界逐出她的心門。雖然很不願意承認，但早織確實直到凪沙點醒，才發現一果手臂上的傷痕。如今那傷痕越來越多，多到令早織怵目驚心的地步。

早織擔心再這樣下去，一果可能會死掉。

走投無路的早織在禁止一果與凪沙接觸的前提下提出一個條件。

「妳如果好好地念完國中，就可以去見她。」

內心其實不打算讓一果再見到凪沙，但早織更害怕永遠失去一果。更何況離國中畢業還有好長一段時間，說不定一果到時候已經忘了凪沙。

站在早織的立場，她已經做出相當大的讓步，沒想到一果又提出一個條件。

「那妳也要讓我繼續跳芭蕾舞。」

早織反覆思量，最終答應了她的條件。心想既然一果這麼想學芭蕾，順她的意或許能讓她的心情平靜下來。早織不希望一果手上的傷痕繼續增加下去。

凪沙的存在也是早織答應讓一果學芭蕾的原因之一。

凪沙有意栽培一果跳芭蕾舞，如果自己不答應，一果會怎麼想？會不會認為只有凪沙站在自己那邊？早織答應讓一果學芭蕾也有這樣的算計在內。

如今終於來到她們約定的期限，也就是畢業典禮當天。

一果信守自己的承諾，這段時間都沒有跟凪沙聯絡。她也在學校交到朋友，兼顧了芭蕾舞與校園生活。

這樣的一果是早織的驕傲。

「時間過得好快呀！總覺得孩子才剛上國中，居然就要畢業了。」

一位體態豐腴的同學母親哈哈大笑說。早織穿著花枝招展的套裝，陪笑著附和：

「就是說啊。」

性格急躁、脾氣又大的早織很討厭察言觀色、配合別人，所以一向對於跟其他母親打交道避之唯恐不及。但自從凪沙出現後，無論什麼樣的聚會，她一定會出席。

我才是一果的母親。

對凪沙強烈的競爭意識，成為她想扮演好一果心中慈母角色的原動力。

「櫻田太太家的一果長得好漂亮啊，簡直跟模特兒沒兩樣，真令人羨慕。」

「妳過獎了。」

早織客套地表示。但即使從母親的角度來看，一果也是個標緻的大美人。

再加上繼續讓她跳芭蕾舞，身高也抽高許多，手腳都變得很修長。

或許讓她繼續跳芭蕾舞是很明智的決定。早織的想法已完全翻轉。

「櫻田一果。」

看到一果上台領取畢業證書的身影，早織感動得淚眼模糊。

再過幾年，一果就會長到自己生下一果的年紀。

不同於只知道與父母及社會唱反調，這輩子混不出大名堂的自己，這個小鎮大概困不住一果。早織已經做好心理準備了。

即使答應讓一果繼續學芭蕾，早織依舊討厭芭蕾舞，所以既不去看她練習，有比賽也不去看。只有一次，一果參加東京一場相當大型的比賽，早織擔心到了東京，一果可能會去找凪沙，心裡七上八下，所以那次破例陪她去。

第一次看到一果跳舞，就連對芭蕾一竅不通的早織也看得出有多厲害，打從心底受到震撼。

從那一刻起，早織就有心理準備了，再高的牆壁都困不住生來擁有翅膀的人。

正當早織心想無論時代如何變遷，校長了無新意的廢話依舊數十年如一日的時候，一果身為國中生的最後一天也隨之畫下句點。

「一果，恭喜妳畢業。」

典禮結束後，與一果並肩走向校門外的早織說。

「謝謝。」

一果羞赧地微笑。最近她連表情都柔和了點，感覺自己似乎也領到一年來養育孩子的畢業證書。

「一果！等一下要來跟我們集合喔！」

朋友從後面追上來說。一果搖頭婉拒：

「抱歉，我等一下要練舞。」

「又是芭蕾？今天是畢業典禮，至少今天休息一下嘛。」

朋友一臉傻眼地說。

「抱歉，我們改天再約。」

「說定嘍。」

朋友向一果揮手道別，跑開了。

「妳居然也交到朋友了，真不可思議。」

早織的驚嘆引來一果的苦笑。

「不過是交個朋友而已，沒必要大驚小怪。」

穿過校門，又走了一段路，一果不動聲色地說：

「我明天要去東京。」

早織無言以對。雖然心裡有數，但不願意接受的事就是不願意接受。

「妳有錢嗎？」

過了好一會兒，早織終於擠出這句話，就連自己都覺得這只是緩兵之計。

然而在女兒縝密的計畫之前，這種緩兵之計也派不上任何用場。

「別擔心，我有存款。」

「妳要去找那傢伙嗎？」

「妳不是答應過我，畢業以後就可以去找她嗎？」

「我還以為妳早就忘了這件事。」

「怎麼可能……不過，我答應妳，我一定會回來的。」

早織停下腳步，抱緊一果。她好害怕。

「真的嗎，妳一定要回來喔。」

「嗯，我一定會回來。」

一果嫣然一笑，輕輕地握住早織的手。早織強迫自己忍住即將潰堤的淚水。母女倆就這麼牽著手，像兩個孩子似地前後甩動緊緊相繫的手，慢慢地往前走。

實花在公民館的入口等人。

一輛車以她早已熟悉的引擎聲緩緩駛近，看到從車上下來的母女，實花熱情地招手，一果與早織快步走向前。

「就連畢業典禮當天都勞煩妳跑一趟，真不好意思。」

早織向實花點頭致意。自從早織答應讓一果繼續跳芭蕾舞，實花就從東京來廣島教一果跳舞。

在距離車站走路只要五分鐘的公民館租了一個房間，每週來指導一果一次。

實花怎麼也無法放棄一果，查出她位於東廣島的老家地址，鍥而不捨地上門造訪。不記得拜訪到第幾次的時候，剛好一果也得到母親的許可，早織終於答應讓她繼續指導一果。新幹線的車資當然是實花自掏腰包，也因此生活並不輕鬆，但是可以親手栽培前途無量的舞者無疑是至高無上的喜悅。

「一果，妳在畢業典禮上唱了什麼歌？」

實花問開始換衣服的一果。

「〈螢之光〉。」

「是嗎，真是了無新意，跟我們畢業的時候一模一樣。」

「因為是鄉下地方嘛。」

這是和一果以前在新宿念的學校比起來嗎？實花無法不過度解讀。每週進行個人訓練時，實花都儘量不提到東京的話題。一方面是因為答應過一果的母親，另一方面也是因為提到東京就會讓一果想起凪沙，實花不希望凪沙的存在分散一果的注意力。

這層顧慮絕非實花的杞人憂天，因為一果參加在東京舉行的芭蕾舞比賽時，注意力明顯比較不集中。

「我想見凪沙。」

一果曾經向實花透露。那也是一果重拾芭蕾後第一次提到凪沙。

實花不知道該怎麼回答才好。那場比賽至關重要，牽涉到一果能不能爭取到獎學金。萬一說錯什麼話，可能會害一果動搖。

實花反覆思量，決定相信一果，對她坦承一切，交給她自己判斷。

「一果，妳一定要堅持下去，否則凪沙也會很失望喔。因為她交代過我，『一果就拜託妳了』。」

一年前，凪沙曾經去實花的教室拜訪過她一次。

許久不見凪沙，眼神就跟死魚沒兩樣。她突然從皮包裡掏出幾十萬圓的現金，塞給實花。

「請用這些錢教一果跳舞，我無論如何都希望那孩子能繼續跳舞。」

凪沙彷彿被什麼附身似地一再重複這句話。唯有提到一果的名字時，死魚般的雙眼才會熠熠生輝。

從凪沙的穿著打扮不難看出她當時的經濟狀況十分窘迫，鈔票也都皺巴巴的，顯然每一張都得來不易。就算犧牲自己的人生也要幫一果圓夢的氣勢令實花相當震撼。

實花當然沒收下那些錢，但她確實被凪沙的心意感動了。

「為了凪沙，請妳忘了她。」

實花狠下心腸說。一果面無表情地接受她的忠告，那一刻，一果內心似乎有什麼東西發生了重大的轉變。

無論是想法還是感受力，全都改變了，變得成熟許多。

一果展現出壓倒性的舞蹈，在東京大賽拿下優勝。

「實花老師？」

待實花猛然回神，一果已經準備好了，站在自己跟前。

「啊，抱歉抱歉，那麼從敬禮開始……」

一果國中時代的最後一堂課充滿了熱切的激情。

起初，一果的技巧跟不上身體成長的速度，可是當成長告一段落，提升肌耐力的訓練也出現成果後，一果的舞蹈實力進步到判若兩人的地步。

「一果，恭喜妳畢業。」

練習結束，實花突然抱住一果，淚水嘩嘩地流。

這幾年來，一果在她眼中就跟自己的女兒無異。

在她的心目中，一果既是早織的女兒，是凪沙的女兒，同時也是自己的女兒。

「謝謝老師。」

一果向實花深深一鞠躬。

看到一果眼中也浮現淚光，實花知道一果確實接收到自己的心意了。

實花給一果一封信。

「這是我給妳的畢業證書。」

一果還沒打開就猜到信封裡裝了什麼，淚水有如斷線的珍珠。

「那麼……」

實花主動提起那個她們避而不談的名字。

「妳要去找她吧？」

「嗯，明天就去。」

「這樣啊。」

老實說，實花不希望一果去找凪沙。

雖然對凪沙很過意不去，但她真的打從心底這麼想。

她希望一果能屏除所有雜念，飛向更遼闊的世界。用雜念來形容固然無情，但是比什麼都更容易讓一果分心的凪沙大概就是所謂的雜念。

在芭蕾舞的世界裡，需要有割捨許多重要事物的勇氣。

實花凝望著即將放開自己的手，往天涯盡頭單飛的學生，覺得她耀眼極了。

◆

三年前，一果獨自搭乘深夜巴士前往東京。

她還記得自己百無聊賴地看著高速公路上忽明忽滅的路燈看了好幾個小時，但這次搭的是新幹線。

相較於深夜巴士，新幹線一眨眼的工夫就抵達終點。一果心想早知道這麼快，應該更早來找凪沙才對。幸好與母親的約定已經到期，從今以後多來幾次就好了。想到這裡，一果不由得開始對未來產生期待。

新宿一點也沒變。

一果走向第一次見到凪沙的場所。

當天發生的事至今仍歷歷在目。

姨婆給自己的照片中明明是個西裝革履的男人，出現的卻是女人。

一果背著與當時相同的紅色背包，依照當時的路線走向凪沙的住處。沿路的商店雖然都換了一輪，所幸凪沙的住處並沒有改變。

就連凪沙每次放鑰匙的信箱和一果練習芭蕾舞的走廊也跟以前一模一樣。

一果站在門口，按下門鈴。

「來了。」

門裡傳來低沉沙啞的男性嗓音。不一會兒，前來應門的是個素未謀面的中年男子。

「妳是？」

「請問……凪沙在嗎？」

「凪沙？呃，沒有這個人喔。」

「這樣啊……」

意料之外的狀況令一果進退兩難地呆站在原地。男人問一果：「妳來找以前的住戶嗎？」

「對。」

還以為男人知道凪沙的去向，一果忙不迭地回答。男人搔了搔肚皮，沒好氣地說：「現在有時候還會收到寄給她的信，好像都是催款通知書。如果妳見到她，可以請她處理一下嗎？」

然後就「砰！」地一聲關上門。

怎麼會這樣，凪沙不住在這裡了。

情況完全超出一果的預期，令她不知所措。
深信只要循著最初相遇時的記憶就一定能見到凪沙，還為此興奮不已的自己如今想來真是天真得可以。
還以為能見到凪沙。
一果稍微思考了一下，轉身前往自己以前念的國中。
她想打聽琳的墳墓在什麼地方。
學校正在放春假，所幸她們以前的級任老師有來上班。一果問琳葬在哪裡，老師偷偷告訴她，還補了一句「學校規定不能洩露個資，所以妳不要告訴別人喔」。時間雖然短暫，但老師似乎還記得一果和琳總是形影不離。
琳的墓地在靠近新宿一個很大的墓園裡。
一果根據級任老師畫給她的地圖，找到那裡時，太陽已經快下山了。
繞到墓碑後面，果然刻著琳的名字。
琳蒙主寵召的日期正好就是比賽那天。
「琳……琳。」
一果跪倒在地，趴在墓碑上，泣不成聲。
「對不起，對不起。」

要是自己更明白事理一點……

一果喜歡琳。

在那之後，她交過很多朋友，都沒有人比得上琳在她心目中的地位。

以前是。

從今以後也是。

跳舞的時候，總覺得琳就在身邊。一果從未忘記琳說過要一果連她的份一起跳。

從今以後也一起跳吧。

一果面向琳的墓碑，在心裡對天發誓。

掃過琳的墓之後，一果打電話給實花。

因為實花說過，有什麼事都可以打給她。一果隱約覺得，實花或許早就料到事情會變成這樣。

實花立刻表示一果可以去住她家。一果一直受到實花的照顧。這次實花也很擔心，勸她明天就回廣島，但一果下定決心，除非找到凪沙，否則她不回去。

第二天，一果前往香豌豆。推開大門之前，心裡七上八下，萬一連香豌豆都不在了怎麼辦，幸好洋子媽媽桑與從前無異地迎接她。

「好久不見了！一果。妳好嗎？」

「我很好。」

「妳長大了耶！而且怎麼說呢，妳變得好漂亮，要不要來我們這裡上班？」

洋子媽媽桑滔滔不絕的攻勢令一果忍不住苦笑。

「大家都好嗎？」

「很遺憾，妳認識的人都不在了。」

一果滿心以為媽媽桑以外的人都還在，不由得失望。媽媽桑向一果說明在歌舞伎町工作的人口流動得非常迅速。

「妳是來打聽凪沙的去向吧？」

媽媽桑猝不及防地正色說。

「是的，她不在以前住的地方。妳知道她去了哪裡嗎？」

「我們現在已經沒有聯絡了，不好意思啊。」

據媽媽桑所說，凪沙從廣島回來以後就沒去上班了。從媽媽桑欲言又止的表情來看，凪沙不僅沒有請假就曠工，最後甚至還失去聯絡。

「這樣啊……」

「瑞貴可能知道。」

一果的腦海中浮現凪沙摯友的臉，問媽媽桑要去哪裡才能見到瑞貴，媽媽桑指著背後的牆壁。

牆上貼著選舉海報，上頭除了笑容可掬的瑞貴，還印著「創造一個安居樂業的社會！」宣傳標語。媽媽桑說瑞貴要出來競選區議會議員。

「真了不起啊！她或許真的能成為政治家。」

若瑞貴能當上政治家，或許凪沙就不用受那麼多苦了。一果回想凪沙出現在廣島老家的模樣，天真地如此認為。

那時候要是能不顧一切地抓住凪沙的手就好了。但當時她總覺得不管做什麼都會傷害到凪沙，所以什麼也不敢做。然而事到如今，一果有點懂了，懂了什麼都不做才會傷害到凪沙。

「瑞貴小姐現在人在哪裡？」

「應該在辦公室吧。就在這附近喔，我想想……」

一果立刻前往媽媽桑告訴她的地方，媽媽桑說她會先打電話到瑞貴的辦公室，說一果要去找她。一果心想，自己真會給大家添麻煩。

抵達瑞貴的辦公室，一果耐心地等瑞貴回來。

還以為要等很久，沒想到瑞貴很快就回來了。頭上綁著競選布條，以爽朗的笑容與路上的行人打招呼，邊走過來。

耳邊傳來支持群眾為她打油打氣的聲音，看來路上行人也對瑞貴充滿善意。

如果瑞貴是在自己的故鄉競選……一果光是想像就覺得喘不過氣。故鄉多的是像姨婆那樣，認為她有病的人，應該沒有人會這麼開明、自然地接受她。這也讓一果覺得自己果然熱愛新宿。

「要加油喔！」

「妳好，瑞貴小姐。」

一果出聲打招呼，瑞貴看到一果，笑容滿面地說：

「哎呀！一果，好久不見。」

一果乖巧地向她低頭致意，瑞貴就像親戚家的大姐姐，笑瞇了眼睛說：「妳變得好成熟啊。」

「瑞貴小姐也是。」

聽到一果的回答，瑞貴不覺莞爾：「我本來就很成熟啊。」

「妳還在跳芭蕾舞嗎？」

「對呀，我只剩下芭蕾了。」

瑞貴目不轉睛地端詳一果的臉，眼裡滿是柔情。

「妳變了，表情變得柔和多了。」

「請問……」

「啊，對對對，媽媽桑告訴我了，妳想知道凪沙的下落。」

瑞貴顯然已經準備好了，遞給她一張紙條，紙條上寫有地址和地圖。

「抱歉，我得去下一個地方演講了，而且凪沙也不想見到我……」

這句話為終於能見到凪沙而感到飄飄然的心情籠罩上一層陰霾。凪沙和瑞貴情同姐妹，很難想像她居然不想見到瑞貴。

「……謝謝妳。」

一果不敢再追問下去，轉身就要離開。

「一果，那個……」

「什麼事？」

一果戰戰兢兢地回頭。

「妳不要嚇到喔。」

「好……」

「凪沙發生了很多事，目前正在領救濟金。」

「領救濟金？」

瑞貴沒說得很清楚，一果心中充滿了不祥的預感。

憑瑞貴給她的紙條，一果花了快兩個小時才找到凪沙現在住的公寓。公寓的名稱很氣派，屋況卻又老又舊，破爛到難以想像還有人住在裡面。

一果來到門口，找不到門鈴，沒辦法，敲了敲門，裡頭確實傳來凪沙的回應。

「請進。」

好久沒聽見凪沙的聲音了，還是記憶中熟悉的聲線，令一果稍微放下了心中大石。

門沒鎖，一果悄悄地推開門，有如野獸般刺鼻的臭味猝不及防地撲面而來，一果下意識捏住鼻子。

臭得連眼睛都被熏到，一果猛眨眼睛。

狹窄的廚房前面就是起居室，但燈光十分昏暗，看不見裡面。

一果脫鞋，慢慢地走進屋子裡。

廚房亂得有如颱風過境，全都是垃圾，而且垃圾還積了厚厚的一層灰，顯然已經棄置了很久。

掛在牆上的十字架映入一果眼簾，不知是否才剛新置，只有那裡一塵不染。

繼續往裡面走，看見一雙橫陳的腿。

就在踏進起居室的那一瞬間，淚水有如潰堤的河水，順著一果的臉龐滑落。

「今天也來得太晚了……」

凪沙躺在棉被上。

仰望著天花板，奄奄一息地喘著粗氣，目光停留在半空中，視線飄浮不定。

裸露出包著尿布的下半身，也不知道已經幾天沒換了，沾滿鮮血與排泄物，臭不可聞。

凪沙狠狠地嗆咳了一番，問：「是誰來了？」

似乎發現來者不是她正在等的人。

一果蹲下來，沉默不語地握住凪沙的手。

「……一果？」

凪沙毫不遲疑地立刻喊出一果的名字。

「……嗯。」

「抱歉，我還以為是義工……」

凪沙的雙眼朝向一果，瞳孔中卻沒有一果的身影。她看不見了。

淚水洶湧地奪眶而出，一果壓根兒不在乎臭味，緊緊地抱住凪沙。

「討厭啦……瞧我這德性……真不好意思。」

凪沙羞赧地笑著說。

「對不起……對不起。」

一果拚命道歉。

凪沙利用一果打掃房間的空檔洗澡。

一果說要幫她洗，但凪沙實在拉不下這個臉。

她很久沒有自己一個人洗澡了，所幸靠著摸索，總算還是洗好了。

她等這天究竟等了多久？

如今雙眼幾乎已經看不見了，然而光靠手的觸感，就能體察到一果的成長。

這麼一來，她終於能完成那個心願了。凪沙自顧自地微微笑。

失去一果後，凪沙也失去了求生的意志。她曾經努力過一次，想把一果帶回來，無奈以失敗告終，從此再怎麼努力也沒有意義。

凪沙整天關在家裡，沒事就一直睡覺，少得可憐的積蓄不一會兒就見底了，借錢度日的生活也撐不了多久。

最後被房東掃地出門，流落街頭，想當然根本沒有餘力做好術後管理，就這麼置之不理。

她已經無所謂了。

只是隨波逐流地從社會的底層流落到社會的更底層，最後是瑞貴找到她。

瑞貴一步一腳印地在從政的路上前進，曾經墜落社會底層的人要重新振作到這等地步，顯然需要付出比一般人更多的努力。看在正在墜落的人眼中，她的存在太過耀眼，因此凪沙開始躲避瑞貴。

儘管如此，瑞貴依舊很關心凪沙，還去找區公所幫忙，幫凪沙申請救濟金。

在那之後，義工每週固定去凪沙家探視一兩次，凪沙因此勉強撐著一口氣。

除了義工和瑞貴以外，不會再有其他人上門，只有一次，有個基督教徒上門傳教，給凪沙一本聖經。凪沙一無所有，只有取之不盡、用之不竭的時間，所以反覆熟讀那本聖經。

說到聖經，亞當與夏娃一直是她心中的一根刺。感覺上帝是在告訴她，像她這種既不是亞當，也稱不上夏娃的人根本不在造物主安排的人類範圍內。

然而，有一次在來當義工的學生口中得知亞當原本是雌雄同體——亦即同時具有兩種性別的存在後，凪沙開始對聖經產生興趣。亞當原本就跟天使一樣，是同時具有兩種性別的存在，造物主趁他睡著的時候抽出其肋骨，創造夏娃，從此亞當才變成單一性別的男人。

同時具有兩種性別，與認為自己的身體應該是女人的感覺還是不太一樣，可是對於自稱第三性的凪沙而言，從此對亞當與夏娃的故事上了心，尤其是性別模糊的這部分特別有意思，或許上帝原本也沒打算把男女分得太清楚。這種想法帶給凪沙一絲安慰。

凪沙把閱讀聖經當成祈求，祈求一果能得到幸福，祈求一果能功成名就。

凪沙幾乎已經不能自理，除了相信上帝、祈求神蹟之外，別無他法。

然而沒多久她就看不了太小的字。從此以後，她只剩下一個心願，僅憑意志力苟延殘喘至今。

就像現在，她也只能勉為其難地泡在浴缸裡，連洗身體的力氣都沒有。

儘管如此，浸泡在浴缸裡擦拭身體還是讓她覺得神清氣爽許多。

洗好澡，一果牽著她的手，帶她走出浴室。

空氣中瀰漫著熱騰騰的食物香味，她已經好久不曾聞到這種味道了。

「請用。」

一果將筷子塞進凪沙手裡，凪沙靜靜地、慢慢地開始吃飯。

「好好吃。」

有點焦，但真的很美味。是非常令人懷念的味道。

「這是加了蜂蜜的薑燒豬肉。」

一果得意洋洋地說。凪沙笑了。

「……那不是我的食譜嗎？」

「已經變成我的了。」

「妳的說法不對，這是香煎豬排佐生薑蜂蜜。」

「妳只是換成英文吧。」

一果做的菜很好吃，但凪沙只吃了幾口，就已經耗盡她所有的力氣。只要稍微鬆懈就會喘得上氣不接下氣，但一果並未發現這一點，微笑著說：「太好了，妳很有精神。」凪沙回以淺淺的笑容。

凪沙雖然「很好吃、很好吃」地連聲稱讚，但一果留意到她幾乎沒有動筷子。即便如此，一果仍試圖說服自己，既然能像剛才那樣開玩笑，凪沙一定不會有事。

「一果。」

「什麼事？」

「我有個請求。」

不知道是不是勉強自己說了太多話，凪沙的氣息有些紊亂，或許還發了燒，只見她滿頭大汗。

「妳沒事吧？看起來很痛苦的樣子。」

一果輕輕地摩挲凪沙的背。

「嗯，我沒事。一果……明天我想去海邊。」

「海邊？」

凪沙意料之外的請求令一果有些茫然。

「嗯，我一直好想去海邊，可是自己又去不了……希望妳帶我去。」

她能獨力帶著身體這麼差的凪沙去海邊嗎？萬一走到一半，凪沙的狀況變得更差怎麼辦？想到這裡，一果內心充滿不安，可是她又想完成凪沙的心願，畢竟這是那麼支持自己夢想的人卑微的心願。

「好吧……」

得到一果的首肯，凪沙有氣無力地微微一笑，慢條斯理地轉身背對一果。

「啊，糟了……差點忘記。」

凪沙摸索著爬向放在窗邊的魚缸。

「還沒餵魚……」

凪沙抓起一把、兩把的魚飼料，放進魚缸裡。

「你們肚子餓了吧，真抱歉啊。」

根本沒有金魚來吃凪沙投入的飼料，飼料全都緩緩地沉入水底。
魚缸裡只有滿滿的青苔和渾濁的髒水。
一隻金魚也沒有。
然而，凪沙彷彿看見了什麼東西，空洞的目光追逐著那個東西，一臉正色地看著魚缸。
「可不能只有我享用美食……你們也要多吃一點喔！」
一果呆呆地凝視眼前的光景，心中已有所感。
凪沙瘋了。
那天晚上，一果在凪沙房裡過夜。把所有的髒衣服裝進垃圾袋綁好，再開窗換氣，臭味已經散了許多。
實花交代一果一定要跟她聯絡，所以一果只告訴她找到凪沙了。就算是實花老師，一果也不想讓她知道太詳細的狀況。話雖如此，從一果欲言又止的態度，她似乎也察覺到什麼了。
第二天，一果從一大早就開始準備。要幫凪沙換外出服，卻遍尋不著替換的衣服；要幫凪沙換尿布，凪沙抵死不從，所以時間都花在等她自己慢慢摸索處理，所幸出門的時候還不到中午。

一果扶著凪沙，慢慢地走。或許是已經無力支撐自己的身體，凪沙的體重都落在一果的肩頭。

附近剛好就有一班巴士可以幾乎不用換車就到海邊，所以一果選擇搭巴士。一路搖搖晃晃，等到海水的氣味從打開的窗外飄進來，已是中午過後。凪沙瞇起太陽眼鏡後面的雙眼，呼吸海水的氣味。

坐在巴士上的時候還好，但光是要換一趟車就費了一果九牛二虎之力，錯過好幾班車。一果沒來過這一帶，要從目的地標示找出她們要搭的巴士可不是件容易的事。

「哇……我聞到海水的氣味了。」

在海邊的巴士站下車時，凪沙露出欣喜的笑容。

光是能看到她的笑容，帶她來海邊就值得了。

然而凪沙的臉色非常差，不知道是不是冷，身體一直在發抖，額頭冒出汗水，情況看起來比昨天更糟糕。

「再帶我靠近一點。」

一果有些猶豫，仍遵照凪沙的吩咐，帶她走向海邊。腳底踩到沙灘的觸感令凪沙面露微笑，著迷地聆聽浪濤聲。

一果與凪沙在浪花拍打上岸的地方坐下。

「海浪的聲音也好悅耳啊，謝謝妳，一果。」

話都還沒說完，凪沙就突然一陣猛咳，還因此嗆到。

手術的部分已經完全壞死，動不動就發燒地過了好幾個月。明明這條命什麼時候被老天收回去都不奇怪，凪沙卻有驚無險地活了下來。她十分痛恨自己為什麼就是死不掉，但也幸虧沒死，才能再見到一果。

「我很感謝上帝。」

凪沙說，又狠狠地嗆咳起來。

「喂……妳真的不要緊嗎？」

「嗯，別擔心。」

一果靠過來，凪沙順勢把頭靠在一果肩上。

一果從包包裡拿出信封，交到凪沙手中。

信封上以英文寫著一果的名字，那是實花給她的「畢業證書」。

「這是什麼？」

凪沙小心翼翼地用手摸索一果給她的信封問。

「我要去英國的芭蕾舞學校讀書。」

「……真的嗎？」

凪沙面無血色的臉頓時大放光芒。

「真的，我申請到獎學金了。」

凪沙撫摸一果的頭，緊緊擁抱她。

「恭喜妳。」

「我想在世界級的舞台上跳舞。」

「這樣啊……那個小鎮對一果來說確實太小了。」

凪沙哭著微笑。

凪沙的手突然無力地往下垂，彷彿就連一個信封都拿不動。凪沙喘著大氣，撲簌簌地發著抖。一果把自己的連帽大衣蓋在她身上。

「我們回去吧，去看醫生。」

然而，凪沙似乎已經聽不見一果的聲音了。

凪沙緩慢地摘下太陽眼鏡，視線緩慢地游移，似是在追尋什麼。

「好可愛。」

「什麼？」

「那個女孩子。」

只有凪沙看見了穿著學校連身泳衣的小孩在水邊玩耍。那是小時候的凪沙，穿著學校的連身泳衣，笑得幸福洋溢。

「女孩子？」

一果不安極了，眼淚就要奪眶而出。

「我小學的時候啊……和同學一起去海邊……我想不通為什麼自己要穿著男生的泳褲……而不是學校的連身泳衣……」

凪沙的臉色慘白如紙。一果挽住凪沙的手，隔著衣服都能感覺凪沙在發燒。

「聽我的話，我們去醫院吧……」

「妳說……我為什麼不是女生呢？」

「我們去醫院嘛，妳一定要看醫生了。」

凪沙不為所動。

「我從有記憶以來就很喜歡直視太陽。那時候也是藉由抬頭仰望陽光，來讓自己看不見其他任何東西。」

凪沙抬頭仰望刺眼的陽光，一如她的少女時代，高高地揚起下巴，目不轉睛地凝視太陽。一果擔憂得要死，卻也覺得凪沙揚起下巴的側臉好漂亮。

凪沙臉上浮現有如薄薄的一層雪般，隨時都要消失的笑容，又望向大海。

「好美……」

「別這樣……妳在說什麼？明明什麼都沒有。」

一果的聲線顫抖。

「那裡有一隻天鵝。」

凪沙清清楚楚地看見一隻碩大的天鵝在海面上悠游。

天鵝嘗試著拍了好幾下翅膀，隨即張開羽翼，展翅翱翔。揮舞著強而有力的翅膀，在空中盤旋直上。

「海裡怎麼可能有天鵝……妳清醒一點……求求妳……我們去醫院啦……」

凪沙的眼神渙散失焦，就快要失去最後的光彩。

一果總算恍然大悟。

凪沙想死。

她已經下了決心。

要死在海邊。

「跳舞給我看。」

凪沙說。

「不要……我們走吧。」

一果哭得肝腸寸斷，像個孩子似地抵死不從。憤怒與悲傷同時一湧而上。她希望凪沙活下去，但是也心裡有數，凪沙的身體已經到了極限。

「拜託嘛……一果，我這輩子唯一的心願就是看妳跳舞。」

凪沙笑得很幸福。

其實與一果在廣島一別，自己就已經死了。可惜肉身未能死透，還提著一口氣，所以她索性不做術後保養，一心求死，可惜就是死不了。

儘管沒有一件事是稱心如意的，但也因此又能看到一果跳舞的樣子。

「拜託妳……我想看《天鵝湖》……」

凪沙的聲音微弱到淹沒在浪濤聲裡。

一果慢慢地站起來，開始跳起奧傑塔的獨舞——那天應該要在決賽表演的舞蹈。應該戴上凪沙給她的羽毛頭飾跳的曲目。

一果面向蔚藍的海洋與蔚藍的天空，翩然起舞。

一果全神貫注地舞蹈。她相信凪沙也看得見。

「好美啊……」

凪沙輕聲呢喃。

在她的眼中，一果的舞蹈比以前更成熟了，洋溢著隨時都能躍上世界舞台的能量。

當然，頭上戴著凪沙的羽毛頭飾。

凪沙微微一笑，靜靜地閉上雙眼。

一舞既罷，一果回頭看凪沙。

凪沙一動也不動，像是睡著了。

即使不用靠近，一果也知道某些重要的東西已經從凪沙的體內消失。

她再也不會蠕動雙唇，呼喚一果的名字。

一果抱緊凪沙的身體，她的身體比印象中更單薄。

但是還很溫暖。

淚水模糊了視線。

好不容易才見到面。

一果好難過，泣不成聲。

琳死了，凪沙也死了。

她覺得自己已經沒有必要再活下去了。

只要去了天堂，就能見到她們。

一果不假思索地走向大海，即使浪花打溼了鞋子，她也不在乎，繼續往前走，就這麼直直地走進海裡。潮水粗暴地拍打在身上，一果也沒有停下腳步，頭也不回地走向海中。

沒多久，海水漫過膝蓋、漫過腰際、終於漫到肩膀的高度。

「等等我。」

一果呼喚等在天國的兩人。

與此同時，背後傳來揮動翅膀的聲音。

一果倏地停下腳步，回頭張望。

有一道影子從海面上掠過，往天空振翅飛去。

「天鵝。」

一果不由自主地喃喃白語。

偌大的影子在一果頭上優雅地盤旋一圈，強而有力地拍打羽翼，不偏不倚地奔向太陽。

隨即彷彿融化在耀眼奪目的陽光裡，消失不見。

——完

文字森林
READING FOREST
文字森林系列 022

午夜天鵝

ミッドナイトスワン

作　　者　內田英治
譯　　者　緋華璃
總 編 輯　何玉美
責任編輯　陳如翎
封面設計　張巖
內頁設計　楊雅屏

出版發行　采實文化事業股份有限公司
行銷企劃　陳佩宜・黃于庭・蔡雨庭・陳豫萱・黃安汝
業務發行　張世明・林踏欣・林坤蓉・王貞玉・張惠屏
國際版權　王俐雯・林冠妤
印務採購　曾玉霞
會計行政　王雅蕙・李韶婉
法律顧問　第一國際法律事務所　余淑杏律師
電子信箱　acme@acmebook.com.tw
采實官網　www.acmebook.com.tw
采實臉書　www.facebook.com/acmebook01

I S B N　978-986-507-393-0
定　　價　350 元
初版一刷　2021 年 6 月
劃撥帳號　50148859
劃撥戶名　采實文化事業股份有限公司
104 台北市中山區南京東路二段 95 號 9 樓
電話：(02)2511-9798　傳真：(02)2571-3298

國家圖書館出版品預行編目資料

午夜天鵝 / 內田英治著；緋華璃譯. -- 初版. – 台北市：采實文化事業股份有限公司, 2021.06
面；　公分. -- (文字森林系列；22)
譯自：ミッドナイトスワン
ISBN 978-986-507-393-0(平裝)

861.57　　110006263